U0928745

异兽志

颜歌——著

CNS PUBLISHING & MEDIA 中南出版传媒
湖南文艺出版社
HUNAN LITERATURE AND ART PUBLISHING HOUSE

再版序

大概总是很困难地，回头去看过去的自己，尤其是对我这样一个境遇多变的人——这样说自己是不是有点矫情，毕竟，十几年前写小说，十几年以后我还是在写小说。

写《异兽志》的时候，我住在成都，刚刚二十岁，一晚上熬着夜写出来一两万字，大睡一场到下午起来，出去散个步吃个饭，回来又可以接着再写。

现在，我和先生住在都柏林。爱尔兰人把这国家叫做Hibernia（爱尔兰拉丁语名，意为“冬之地”），把他们自己称为Hibernian，说他们的英语是Hiberno English——说来说去，就是很冷的意思。于是在冷飕飕的每一天里，我起床，出门跑步，吃早饭，读新到的杂志，回邮件，出门见朋友，换个地方看看书，去本地超市买菜，再回家做晚饭。

与此同时，我随身有一个笔记本，两天里面大概能在上面写一句或者两句，关于我正在写的长篇小说的一些构思和想法——再等我真正打开电脑，把这些笔记本上的零碎转换成词语、句子、段落，最终确定下来，大概是一个月甚至两个月以后的事了。

这就是写完《异兽志》十几年以后，我现在的写作情况。我在这个冬之国里，看的读的说的写的全是Hiberno English，每天，像个牢笼里的犯人一样，偷偷地在墙脚下凿着，一天又一夜，希望能打出一个洞来，通往到自己本来的世界里去——这是起初的计划。但我是这样的一个犯人，通过日复一日的劳动，居然忘记了越狱的目的，转而爱上了凿洞这件事情本身：这一件每日每夜，往返重复，似乎毫无进展的修行。

对现在的我来说，完成作品本身似乎是次要的了；反而，不断地无止境地在未完成的作品里劳作，成了更重要的事情。

所以，像我这样一个境遇多变的人，总是很困难要回头去看过去的自己。

因为要再版，好歹还是把《异兽志》看了一遍。老实讲，大是吃了一惊。书里种种痴心，狂妄，潦草，肆意，先不提了。真正让我惊讶的，是那个写书的人在字句之间赤裸裸的样子，她是那么小，那么急，那么不知好歹，那么大喜大悲。

我就想起来写《异兽志》的那年，大概真是不怕的，恶狠狠地写作，恶狠狠地吃东西，恶狠狠地喝酒，恶狠狠地大哭——到现在，我当然是（大概是）已经通情明理了，知道把这些东西一倒倾泻出来，写到小说里面，是不太地道的，并且早就已经不会那样做了。

但毕竟是自己写的，再不地道也总有偏爱。《异兽志》里我最喜欢的是《荣华兽》，于是一边看，一边把这个故事讲出来给我先生听。我一边讲一边笑，他一边听也一边笑，我说唉呀我小时候奇思怪想太多了一点，他说这真是你写的吗我有点不相信——两人这样笑了一路，忽然就不笑了。到故事最后的时候，我终于流了眼泪，他伸过手来，捏了捏我的手。

《异兽志》是母亲去世之后第二年写的，《荣华兽》写庙里的尼姑们修行是为了成为不喜不悲的草木，写的是我和母亲之间最后的心境。到今年，母亲不在已经十三年了，我在这个离她十分遥远的地方，有了一个自己的小孩子。

其实应该是庆幸的，我这样一个人只会写作，在十几年里，把每一年每一月每一日，都修在了每一句，每一段，每一篇的小说里——于是，再是过去的终究还在那里：曾经二十岁时候那样不顾一切地声嘶力竭地悲喜着，并且把这些都山河大海一般写出来，落到了这一部光怪陆离的《异兽志》里。

颜歌于 2017 年 8 月 22 日

目录

此兽性真，
终生只求一偶，
但不笑，
一笑则亡，
故名，
悲伤。

悲伤兽

悲伤兽居住在永安城东北。锦绣河穿越城市中心，往东流，在洛定洲分为芙蓉河与孔雀河——悲伤兽居住在孔雀河南岸的那片小区。

小区很老了，墙壁爬满了爬山虎，唤作乐业小区，这里原来是平乐纺织厂的职工宿舍。悲伤兽大半都是这个纺织厂的工人，很多年前，从南边来到永安城，住了下来。

悲伤兽性温和，喜阴冷。爱吃花菜和绿豆、香草冰激凌和橙子布丁。惧火车、苦瓜及卫星电视。

雄悲伤兽长得高大，嘴巴大，手掌小，左小腿内侧有鳞片，右耳内侧有鳍。肚脐周围的皮肤为青色，除此以外，和常人无异。

雌悲伤兽面容美丽，眼睛细长，耳朵较常人大，身形纤弱，肤偏红，月满时三天不通人语，只作雀鸟之鸣，此外，与常人无异。

悲伤兽不笑，但笑即不止，长笑至死方休，故名悲伤。

悲伤兽的祖先，追溯上去，可能是上古时候的某个诗人，但年代久远，不可考证。

雄悲伤兽善手工，因此做纺织，雌兽貌美，因此多为纺织品店售货员。永安城的人穿越整个城到这片破落的小区来买纺织品，无非为了见雌兽一眼。

传说悲伤兽之笑极美，见到的人都永生难忘。但无论说多少笑话，他们都不会笑。

越是如此，雌兽之美越显珍贵，惹人怜惜，因此永安城的大款们都以娶得雌兽为荣——雌兽可与人类通婚，产下的小孩与常人无异，但雄兽不可，因此乐业小区中王老五成群，姑娘们都去了城南富人区，面容冰冷，足不沾地，整个小区越见萧条了。

动物学家在报纸上大声呼吁：如此下去，这种珍稀兽类必然灭绝。于是政府宣布悲伤兽只能内部通婚，要和人类结婚需申请名额，投标决定，每年五个——这样一来，娶到一只雌兽更成为身份的象征，上流社会为之疯狂，政府则大赚了一笔。

画家小左是我朋友的朋友，她和悲伤兽的故事在圈内流传很广，但真实的情况却很少人知道。有一天，在一个派对上她走过来找我，她说："我知道你，你专门讲述兽的故事，我想给你讲悲伤兽的故事，你要听吗？"

我说："好的，但我要付出什么代价？"

小左说："我什么也不想要。"

"但，"我说，"这是规矩，我必须得给你点什么。"我对她笑，她却面无表情。

她说："我要一客香草冰激凌可好？"

我买给她一客香草冰激凌，她吃得津津有味，几乎忘记说话。

我抽完两支烟的时候，她终于开口了。

她说：“我的悲伤兽上个星期死了。”

小左遇见那只雄兽的时候是平乐纺织厂的萧条时期——售货员们都去嫁了大款，东西卖不出去，工人大批下岗。她是在海豚酒吧遇见他的，他走过来问小左：“我刚刚失业了，你能不能请我喝酒。”

她抬头看他，他长得很高，神情严肃，脸上皮肤光滑，一条皱褶都没有。小左说：“好。”他们一起喝酒，小左看见他的耳朵后有一片漂亮的鳍，她说：“你是兽。”他说：“对，我没了工作。”

那天晚上之后，他跟她回家，她驯养了他。

雄兽的名字叫乐云，晚上睡觉安静，不爱讲话，喜欢洗澡，每天吃三个香草冰激凌就可，但若谁看电视，他就会大声鸣叫，双眼发红，兽性毕露。

小左从此不看电视，回家的时候，他们坐在沙发两头，一人看一本书，开心的时候，他长长地低声鸣叫，好像猫的声音，但不笑。

晚上睡在一起，乐云裸睡，身材和人类男子无异，肚脐周围皮肤青得像海那样，甚至有些透明，小左常常看着那块皮肤发呆，“真美。”她说。

她抚摩他，他像猫一样发出满足的嘟噜，但无法和她做爱。“因为你是人类。”雄兽说。

他们相拥睡去，就像两只兽。

那段日子很美好，雄兽比人类的女孩更为温柔而手巧，他给小左做饭，洗衣服，饭多是素食，衣服多发出异香。小左吃饭，他就在对面看，神情温柔，她几乎认为他就是自己的丈夫。

那是去年五月，小左以雄兽为模特，画了很多画，在常青画廊开了个展，大获成功，大家都知道她有一只悲伤兽，双腿壮硕修长，小腹平坦发青，眼神明朗而无物，或坐或站，全城的姑娘都爱上了他。

我去看过那个画展，第一次听到了小左和悲伤兽的传闻，圈内爱八卦的王小虫说："小左这娘们儿，肯定把人家睡了。"我说："雄兽是不可和人类交配的。"小虫阴笑说："你也信？"

但我相信这是一只纯粹的兽。有一张画，他坐在窗台上，一丝不挂，人们清楚地看见他小腿上的鳞片，脸上的神情略微羞涩，因而迷人，人人都想：若是他笑起来，不知道多么好看。

但他不笑。

他一笑，就死了。

"他已经死了。"小左说。她坐在我对面，大口吃冰激凌。脸色很坏，不笑。

小左说到一个月圆的晚上，他们听到凤凰般的长鸣，乐云睁开眼睛，神色慌张，冲去开门——门口是一个女孩，楼道灯光昏黄，但可看出她极美，她不会说话，呜了一声，紧紧抱住了他。

小左让她进屋，拿香草冰激凌给她吃，她的皮肤通红，好像要渗出血，乐云说：“她病了。”

这只雌兽已经嫁给城南一个富商，乐云说是他的妹妹，唤作乐雨。乐雨依赖乐云，睡觉也不能离开他，他们给她喝了板蓝根，她依然鸣叫不已，乐云束手无策。他打电话给那个男人，电话那边烦躁地说：“她叫个不停，根本不知道要干什么，我又不是兽！”

乐云挂掉电话，把妹妹抱在怀中，不停亲吻她的脸颊。两只兽发出相似的悲鸣，小左坐在沙发对面，打电话给她前任男朋友傅医生。

傅医生匆匆赶到了，小左说他比以前更加英俊。他手脚利落地给乐雨量体温测血压。傅医生说她怀孕了，给她打了一针。

小左打电话给乐雨的丈夫，电话那边喜得说不出话，那男人几乎哭了，“感谢老天，我王家有后了！”小左烦躁地挂掉了电话，接着一辆大奔就到了。他们送走了乐雨，她还是鸣叫不停，但身上没有那么红了。

乐云出了一身大汗，要去洗澡，傅医生在客厅徘徊不去，他突然抱住女画家说：“我想念你。”

他们抱在一起，怀念过去的岁月，彼此抚摩，亲吻，呼吸急促。他们缠绵，卫生间中水声哗哗，像海浪温柔席卷。

第二天早上，乐云死了。

小左说：“他没有笑过，我不知道他是怎么死的。”

我说：“我也不知道。”

女画家神色忧伤，显得更加美丽，她说：“我想知道他为什么会死，我几乎爱上了他。”

那天的派对匆匆结束了。我走回家，在会所门口见到小左和一个陌生男人在一辆高级跑车里呼啸而过，发出了一声清锐的鸣叫。

我身边的一个男人啧啧而赞，他说："这娘们儿，自从养了一只悲伤兽以后，脱胎换骨，画越来越好看，人也越来越漂亮，什么时候我也找一只来养养。"

他问我："你不是对这些很熟吗，去帮我找一只。"

我说："人要驯养一只兽，是需要缘分的。"

那人不以为然，他说："永安城中到底有多少异兽，到最后说不准谁养谁呢。"

我笑。我说："你害怕，就离开。"

他说："来到这里的人，都无法离开，这个城市太鬼魅，太迷人，太妖娆，是艺术家和流亡者的天堂。"

我就想到画家小左。很多年前我听说过她的传说，她从北方刚刚来这个城市的时候，沙砾一般粗糙，见人说话带着乡音，常常被暗中嘲笑。多年过去，她终于成为一个巧笑纤指的都市女子，唇色如血，好像从出生就没有离开过这座城市。

悲伤兽们在很多年前来到这座城市，也再没离开过，无论动物学家如何危言耸听，无论洪水、旱灾、经济萧条、战争、股市狂跌，或者传染病爆发，他们都不为所动地生活在永安，且数量稳定，如同一个永恒的谜题。

在五六十年前，永安有很多兽，人只是兽的一种，但终于爆发了战争，以及动乱，人挑起了兽的战争，整整十年，那段历史早已经消失，虽然时间太短，但所有的人都只知道或者装作只知道皮毛了。大量的兽消失、灭绝，但悲伤兽们生活了下来，并且，成为了永安城中数量最大的兽族。

可是没有人真的进入过他们内心，雌兽可以出嫁，但雄兽绝不和人类通婚。

因此，当我在网络上搜索悲伤兽的消息，试图找到乐云死亡的原因时，除了上面那无关痛痒的一段，毫无头绪。

难道他因误食过量苦瓜而死？我笑。

我打电话给我大学时的导师——永安城著名的动物学专家。我说："你对悲伤兽有研究吗？除了笑，他们还有什么原因会突然死亡。"

我的老师沉默，他说："明天出来喝茶，我们详谈。"

在早报娱乐版中，我看见画家小左的消息，她同永安城一位著名建筑商的儿子频繁约会，照片中，他们在一家露天酒吧喝酒，那个年轻男人风度翩翩，笑得春风得意，照片中可看见小左的左边耳朵上戴着样式夸张的大耳环，面容出奇秀丽，神情平静而忧伤，不笑。

我喝一口茶，再喝一口，想，她是否真的爱上过那只死去的兽。

电话是这个时候响起来的，那边的人是我的老师，他说："你看报纸了吗？那个女画家的照片。"

“我看见了。想找你问的，就是她养过的悲伤兽死亡的事。”

电话那边又是漫长的沉默，他说：“听我的，你最好不要再去管这件事。”

“为什么？”我问他，“你知道那只兽是怎么死的吗？”

“他或许没有死，”他说，顿了顿又说，“他的灵魂永生。”

我笑，我说：“你是说灵魂的城市吗？”

在永安地下，传说，有一个灵魂的城市，人和兽，车和路，乐队和追随者，在那里生生不息。小时候母亲会给每一个孩子讲这个恐怖的传说，母亲说千万不要在马桶上看书，因为你坐在马桶上走神的时候，灵魂就会从地下上升，穿越马桶，从你身下进入你的身体，占据你。因此，每一个孩子都对马桶有一份敬畏，等到他们长大的时候，才发现，他们上当了。

电话那边发出嗡嗡的声音，信号破得漏风，他说：“总之……我是说……”

电话断了。

还是一个孩子时，我蹲在马桶边良久凝望，希望有一个灵魂浮上来同我说话，管它是人是兽。我看见它，我就说：“你好。”我这样有礼貌的孩子，一定会讨人喜欢。

我去城南富人区寻找雌兽乐雨，她肚子已经微微隆起，坐在大厅中礼貌地接待了我。她说：“我看过你的小说，很好看。”

她喝一杯冰巧克力，皮肤发出珍珠般的粉红色光芒，声音温暖动听，她坐在大厅背光的角落，眼睛漆黑发光。

我略带不安地开口，我说："我是想来问问你哥哥的事情。"

乐雨神情茫然，她说："哥哥？我哪里有什么哥哥。"

我一愣，然后机敏的保安就从外厅走了进来，他说："夫人不舒服，小姐你改天再来吧。"

保安长得极高，且面无表情，活脱脱一只悲伤兽。但他是人，他的掌心厚重有力，一把握住我的手臂，说："小姐，请。"

乐雨坐在沙发上无辜地看着我，她说："怎么了？"她的耳朵比常人略大，就像庙中的神佛，端坐云间，不知人间疾苦，问臣子："既然他们饿了，为何不食肉饼？"

当天晚上，在海豚酒吧，我遇见小虫，他带了新的女伴，一脸小心翼翼，喝一杯橙汁，安静地坐在我们身边。

我抢他的烟抽，给他讲上午的事情，我说："真是气人，欺负人。"

我把烟喷得他满脸都是，他皱着眉毛挥手。他说："你是不是才出来混，这点事情都不知道。怪不得别人啊。"

永安市的政府修在人民路上，一堆不起眼的灰矮房子，门前卫兵站得笔直。一眼望不到底。每天不知道有多少文件在这里被印刷出来，然后，被传阅、背诵或者偷窥。

而其中，关于悲伤兽和人类通婚的文件是这样规定的：婚前雌兽应做催眠或手术切除兽的记忆，每个月注射激素压制兽性，因此，嫁作人妇的雌兽都将失去记忆，忘记自己是谁，忘记自己是兽，坐在华美的厅堂中，等待丈夫归来，为他们宽衣，与他们同睡，繁衍人类。但每月的月圆之夜，她们恢复兽性，失去语言能力，之后失去这期间的记忆。

而最新的激素即将被发明出来，到那时，即使是在月亮最圆、所有的兽都蠢蠢欲动的夜里，她们也不会记得自己来自何方，而永远成为一个人类，生活下去。但不可微笑，更不要说大笑，一笑，悲伤兽就无法停止，然后，就会死去。

我打电话问我的老师："真的有这样的事？"他倒愤怒了，他说："你滚蛋，那么前三个月那篇关于这个课题的作业是谁帮你写的？你这个败类居然是我的门生，居然跑去做了小说家！"

我连忙挂掉电话，想拿起话筒打电话给小左，但又无法动弹。

永安市的夜永远有来历不明的鸣叫，我出生在此，早已习惯，我的母亲告诉我："你怎知道兽不是人，而人不是另一种兽？"

但事实并非如此，兽永远被人惧怕。

我放下电话，听见有人低声哭泣，有人用力拥抱我的身体，然后，哭泣。有人说："你好，你好，你好。"

我独居桃花公寓十七楼，遥远可见锦绣河，满室空旷，只听见有人在哭，我说："不要哭了。"

但，依然如故。

女画家小左变得有些神经质，打电话来就讲她和那只雄兽的故事，我明白她无人可倾诉，问她说："你要讲故事给我，那么你想要什么报答？"

她什么都不想要，她什么都有，又什么也再不会得到。

我间或在报纸上看见她的消息，美丽的女画家总是有人来爱，那个富有年轻的人类男子，他的眼睛神采飞扬，她在电话中，哭，她说："我最近很头疼，常常恍惚，不知道自己是谁。"

因她找不到悲伤兽，那只她的兽。他被她驯养，和她在一起，不说话，常常沉默，喜欢阴暗潮湿的处所，吃冰激凌，神情温和，眼神洞察一切，他不喜欢穿衣服，裸着身体在房间中行走，她画下他的每一个动作，他小腹上那片迷人的青色，并且，似乎，越发扩大。

他的身体冰冷，在夏夜让人那么难以放手。有时候他低鸣，有时候说话，但更多的时候他喜欢对她鸣叫，他是兽，他腿上的鳞片发出那么神秘诱人的光。

或许真是诗人的后代，天性忧郁。

我去过那个以前小左办画展的画廊，但悲伤兽乐云的肖像已全数卖出，我问老板买家是谁。他吞吞吐吐不肯说，我于是抬出小虫的名号。

"是何先生，"老板说，"何棋。"

何棋。何棋。我迅速搜索到了那张脸，在报纸上我刚刚见过他，小左的男友，永安著名建筑商之子。

何棋先生居然是我的读者。我坐在他宽敞的会客厅中，喝一杯纯正蓝山，心绪有些飘忽。开口问他："是你买了那只兽的全部的画吗？"

"是。"他说。笑盈盈的脸，毫不避讳。

“为什么？”

“我爱上了他。”他依然笑着说。

“她？”

“是的。他。”

我疑惑，“是那只兽，还是女画家？”

他笑，不回答。

“他死了你知道吗？”

“谁？”

“那只兽。”

“他死了吗？他没死。他没死，他的灵魂永生。”

“我是说……”

“这件事情，有那么重要吗？我期待你的下一本小说。”

平乐纺织厂在孔雀河下游，出产精美的被套、床单、毛巾，远销外地。因为雄兽的手艺精湛，雄霸一方，几乎垄断了永安市场。但他们日子过得辛苦，因政府对他们抽高税。小虫又神秘地对我说起政府内幕，他说：“这是吃定了悲伤兽性情温和，不然他们早就造反了！”

乐业小区门口，是永安市最大的冰激凌批发市场，一群年幼的小雄兽痴痴看着商店在发呆。我问其中一个孩子：“你想吃冰激凌？”他连连点头。

我买给他冰激凌，他开心地吃了，坐在我对面，说：“阿姨，你真好。”

“你可否叫我姐姐？”

他温顺地改口，说：“姐姐。”

我问他几岁。他说五岁。

我们坐在乐业小区外面的街心花园，远远看去，小区中爬山虎重重叠叠，楼房于是像无数巨大的树木，上面栖息着远来的凤鸟。

他问我：“你在看什么？”

我笑，说：“真漂亮。”

小兽惊异，他说：“你的脸上是什么？”

“笑。”

“笑？”

“是的。”

“为什么我不会？”

“因你不能笑，”我回答他，“你若笑了，会死。”

“我明白了，”他说，“真有意思。”他神色轻松，我则有些忐忑。“你们把那个叫作笑，我们叫作痛，我爸爸说，痛到最后，就会死。”

“你还要吃冰激凌吗？”为了转换话题，我问他。

“要。”

我又买冰激凌给他，他开心地吃，直到远方有一声长鸣像天籁响起。

他说他要回家了，和我告别，说：“姐姐再见，你真好，等我长大，我娶你当我新娘。”

我又笑了，我说："你还小，你是不可以和我结婚的，我是人类。"

他说："可以的，我爸爸说可以，但若那样，你就会笑。"

"笑？"

他转头，阴影中的神情像神明，他说："是的，或者你们是说，死。"

我再次在海豚酒吧遇见圈中风云人物小虫，又换了新女伴。我说："你知道何棋买了小左所有关于悲伤兽的画吗？"

小虫瞟我一眼，说："当然知道。你如此大惊小怪，难怪从来成不了大器。"

他说："还是我介绍他们认识的，何棋看了那些画就来找我，缠着我要认识小左，我就给了他她电话。"

"后来呢？"我问。

"后来，后来就是老一套，何棋打电话跟我说，终于见到本人了，他说他迷上了那只兽。"

"是那只兽？"

"是啊。'因为我爱他'，何棋说。"

那天晚上小左打电话给我，她同何棋打得火热，根本忘记了她爱的兽，我有些生气，我说："我以为你很爱他。"

小左沉默，她问我说："人和兽，可以爱吗？不是嫁给富商，去做手术，注射激素，幻觉自己成了人。而是当兽还是兽，和人，可以爱吗？"

“我爱他。”女画家总结。

悲伤兽是上古时候就有的兽，千年之远，来到南方的城市永安。永安城四四方方，西南尘土飞扬，东北温暖潮湿，于是他们住在东北角，离群索居，把貌美的雌兽嫁给富人，换取高额的投标金额，和政府四六分成。我们的城市修起了高楼，连上了长桥，他们依然居住在破落的小区中，与世无争，纯良温顺。

大学时，导师说所有的兽都有兽性，请千万小心。

我打电话给他，告诉他我最近的进展。他语重心长，说：“你不要再管了，管下去对你没好处。”

我说：“不，我要知道他是怎么死的。”

导师叹气，他说：“你还是这么固执，有的事情，你应该忘记。”

但我忘记不了，导师带我看他珍藏的兽的标本，一条条泡在缸中，有着人的面孔，我记得那只雄的悲伤兽，他青色的小腹被划开，其上下有两排细密的牙齿，其中，是一片虚空。导师说：“那是他真正的嘴。是他兽的嘴。”

我呕吐不止。冲出实验室，再也没有回去。

所有的兽都有兽性，月圆的夜，人类的孩子最好乖乖在家中。我的母亲说，兽都是要吃人的。就像人，也会吃兽。

自相残杀才能生存下去，这是轮回，是真理。

但科学家说，我们发明了最新的激素，可以彻底压抑雌悲伤兽的兽性，即使在月圆的晚上，她们也不会发出兽的鸣叫了。

临床实验，效果确凿。于是大规模投产，价格不菲，因富家太太都有一个家产万贯的良人。小虫怒气冲天，说：“这是破坏生态平衡！”他的新女友崇拜地看着他。

我用力抽烟，并且，可以想象，很多年以后，永安再也没有兽了，所有的兽都死在激素之下，他们被控制，充满了人性，在高楼中穿梭，在电梯间跳跃，相亲，结婚，生育，只生一个女子，生男生女不重要。

那时候，所有的小说家都被注射激素，成为计算机程序员；所有的动物学家被迫手术，成为公共汽车售票员，大家都放弃了对虚无的探究，没有神话，没有兽，没有历史，没有想入非非，政府像印钞机般哗啦作响，永安成为一座真正的国际化大都市。

因此，历史学家会在很多年后感谢雌兽乐雨，她注射激素后全身过敏，皮肤发红，连连鸣叫，大半永安市民都从电视台看见了那惊悚的一幕，她的皮肤红得透明，一丝不挂，隐隐可见腹中蜷缩的人类胎儿，披头散发，在大街上飞快地奔跑，电视台的人开着车在后面猛追。

人们看见了一头受惊痛苦的悲伤兽，而就像那头小兽告诉我的，她在笑，悲伤兽不会因为快乐而笑，他们只因为悲伤而笑，因为痛，就笑了，一笑，就难以停止，直到死。

她的笑容那么美，连我都要为她哭泣，全城的人都被她迷住了，她赤足狂奔，发出鸟一样的鸣叫——老人们说，能看见悲伤兽的笑，不枉此生。

她笑着穿越了整条言和街，爬上胜利广场那个远古英雄的雕像，她腹中的胎儿透过她透明的红色皮肤无助地到处张望。

她高高地鸣了最后一声，笑得灿若桃花，所有的人围在旁边，看着她，就像看一个女神。

她死了。悲伤兽一笑，就死。

激素终于被停产了，乐业小区的悲伤兽爆发了大规模游行，他们在大街上鸣叫，人们惊恐地躲闪。市长站出来讲话，并且道歉，为雌兽乐雨举行了有史以来最为华丽的葬礼。

电视上她的丈夫痛哭不止，肩膀耸动，让人动容。小虫带着我去参加葬礼，在灵堂外面见到了女画家小左和何棋。

小左看着我，神情怪异，她长得越发美丽，但面容憔悴，不笑，神色悲伤，身体纤弱，何棋紧紧拉着她的手。

我们都没有说到雄兽乐云，彼此沉默地点头，然后，进去。小左要看乐雨的遗体，何棋拉着她不让她过去。小左说："我要看她最后一眼，我没有好好保护她。"

何棋说："不要去，你会难过的。"

谁也没有料到接下来的事情。

女画家小左疯了一样冲过去，推开棺木，看着睡在里面的雌兽的身体，她伸出手，似乎想要抚摩她，但却笑了。

她笑得很美，一时所有的人都被她迷住。小虫在我身边发出一声属于男人的、毫无意义的叹息。

她笑起来，于是就停不住，何棋歪歪倒倒冲上去拉她，他说："你不要笑，她已经死了，别笑了！"

他哭了起来，但她依然在笑，他说："我是那么爱你，你不要离开我，我们好不容易终于可以在一起了，你不要笑了！"

她笑，发出一声骄傲美丽的鸣唱。这声音高高上升，震惊了所有的人。

她死了。

女画家小左，就这样死了。

在永安市，在海豚酒吧，常常可以看见圈内爱八卦的王小虫，最新的八卦是关于女画家小左和她那头悲伤兽的。

在他口中，政府秘密解剖了她的尸体，结果在她还有些略略发青的小腹中发现了还未完全消失的牙齿和未消化完的、真正的女画家的尸体。

我导师打电话训我："叫你不要管，叫你不要管。"然后问要不要来探望他。我说不必。

很久以后，我在派对上遇见过何棋一次，他憔悴了很多，拉着我，问我说："你写了那么多故事，你告诉我，人和兽，能不能相爱，能不能在一起？"

我浑身一冷，陡然想起，女画家小左，或许那时，她已经是悲伤兽乐云，在电话中凄凄问我，人和兽，能不能相爱，到底能不能。"我爱他。"她说。

这个故事，我曾经以为我都知道，我以为是他和她。但没想到，是他和他的悲剧。他们以为会在一起，但最终，镜花水月，因她笑得那么美。

悲伤兽生活在永安城东北，性纯良，喜阴冷。此兽自远古传下，历劫而不衰。月圆时，雌兽长鸣求偶。雄兽趋之。悲伤兽易产雄兽而不易产雌兽，故，月圆之夜，雄兽可与人类女子交配，在她们最快乐的时候，张开腹上青色的嘴，吞下她们，化为她们的样子，缓慢消化她们的意识，最终成为新的雌兽，繁衍后代，生生不息。

此兽性真，终生只求一偶，但不笑，一笑则亡，故名，悲伤。

卷二

喜乐兽乃瑞兽，
独居，
行踪神秘。
得见喜乐兽之人非富即贵，
必将出人头地。
古时帝王都有遇喜乐兽的传说。
故此兽名喜乐。

喜乐兽

喜乐兽是远古神兽，雷神的坐骑即唤喜乐。此兽莫分雌雄，身材矮小，左臂略长，手腕处有五到七根倒刺，除此之外与人类六七岁小孩无异。

喜乐兽喜食谷物与清水，忌油腥。喜欢看传奇小说，讨厌数学书。

喜乐兽乃瑞兽，独居，行踪神秘。得见喜乐兽之人非富即贵，必将出人头地。古时帝王都有遇喜乐兽的传说。故此兽名喜乐。

喜乐兽上一次出现在永安市是在五十年前，关于那次出现的记载可以在市立图书馆中找到。

在五十年前的那本《永安志》中，有一位市报记者拍下了一只喜乐兽的照片。照片是那种很老的填色照片，里面的小兽看起来似乎营养不良，眼睛很大，齐耳的头发，厚刘海，皮肤上有一种奇怪的粉红色，穿的运动服则是绿色。神情恐慌，站在镜头前，用欲哭的眼睛，笑。

记者跟随着这只喜乐兽生活了半个月，喂它吃清水谷物——记载中说，喜乐兽食量极小。给兽看连环画上的传奇。记者回忆说："它对我极其依恋，几乎认为我就是它的父亲。"

报道发出后，这只喜乐兽神秘失踪，再也没有出现过。

记者因此一炮而红，果然飞黄腾达，成为了永安市的市长。

上个星期，老市长在干休所中凄然过世，没有妻子，更无后人。死后整理遗物，旧书衣物两三箱，银行内一千七百元存款而已。

老市长和那只喜乐兽的故事连照片，和一则整形丰胸广告整整占了《永安日报》一个版面。背面是一整页的小消息：全新二手车低价转让、本市户口女青年寻成功外籍男士学英文、征婚、租房、搬家、清洁、寻人、寻宠物……密密麻麻几乎看瞎人眼。

其中，有一则广告寻一位叫作李春的老人，但并无照片，说此人失踪多日，身材瘦小，右眼下面有颗痣，不爱说话。寻得者拨打电话 1319302xxxx。必有重谢。

在海豚酒吧见到小虫时，他正忿忿不平地拿着这张报纸往桌上拍，看见我来，就对我骂："快，快，你过来看看，现在报社的人都还没睡醒吧！一个什么破寻人启事居然登成我的电话！都写的什么呀，这样也能找到人才怪！老天爷我电话从早上七点就没消停过！"

有人哧哧笑说："小虫这是你人品问题，恐怕是有人故意整你吧。"

我坐在他对面抽烟，头疼得要死，"什么报纸？"我说，"拿来看看。"

那张喜乐兽的照片就是这样被我看见的。

照片中的小兽面容美好无知，微笑，但眼中隐有恐惧。我凝视良久，次日就去市立图书馆查喜乐兽的资料，但再也没有更多了，五十年来，只有那一只喜乐兽，见过它的人，只有死去的老市长。

现在还有我。

永安市中有无数的兽，有的和人无异，有的怪诞无比。大学时，在导师的办公室内，我见过许多兽的照片，早已经灭绝的，还有古人画的毫无透视阴影的画像，但从未有一张若这样让我动心，照片中的喜乐兽，直视镜头，神色恐惧又微笑着，就似，另一个我。

我再打电话给我的导师，问他喜乐兽的故事。我说："你知道喜乐兽的传说吗？我记得似乎是教材中参考资料的部分。"

"是啊，这种兽邪门又神秘，到现在资料还少得不得了。甚至都没有人能够确定是不是真的有这样的兽。"

"那张早报上的照片……"

"根本看不见手腕，更不要说倒刺了，就一张照片，随便说是什么都可以，谁知道是不是那种兽！"

他这样说，我很生气，我说："你老了！若是以前你一定会去找的。"

"是啊，我老了，我被你气老的！"

于是我怏怏不乐，挂了电话。

比我更怏怏不乐的人自然还有，那便是圈内名混小虫，他近日化作私家侦探，寻找那名叫作李春的老人——不断有人打电话来说看见了老人，火车站、锦绣河边、天美百货，甚至市立二中。小虫奔忙如陀螺，找过去，却不是，他打电话跟我说："不知道什么时候才能找到她，然后速速问清她家人地址把她交还回去，我就可脱离苦海！"

我笑他说："你何不直接换掉电话号码？"此话一出，就知道自己说错话了，那边小虫冷笑："我们当了十几年的朋友，你还真是越来越天真可爱了！"

我们都不说话。有些软肋，是谁都碰不得的。

但我想，大混混小虫，即使不换电话，找几个早报的朋友，要解决掉这件乌龙的事也并不困难，但他终究不忍，想要寻到那名陌生的老人，送她回家。

我说："小虫，你真善良。"

小虫哈哈一笑，直接挂掉电话。

不知何时起，大家都不说再见了，节约电话费到如此匪夷所思的地步。

那天晚上我梦见那只喜乐兽，它站在那里对我微笑，身形瘦小，就是一个人类孩子的模样，它的眼睛看起来那么大，看着我，一句话不说，神情慢慢变得诡异，把我吓得尖叫起来。

一晚上没睡好，第二天我起了大早，下楼去吃早饭，居然遇见了传说中的卖鸟的小贩——一个中年妇女，皮肤发黄，头发干燥，吃着一根油条，鬼鬼祟祟向我走过来说："小姐，要鸟吗？"

我看了她一眼，也不知道是哪根神经抽了，说："要。"

我跟着那个女人去看鸟，不由想起三十多年前的时候，永安城应该还是有很多鸟儿的——画眉、喜鹊、乌鸦、白鹤、大雁、麻雀，应有尽有，候鸟或者非候鸟，来来往往，天空中喧闹无比。然后那场莫名其妙的灭鸟运动开始了，先是几个学者发表文章，说鸟是传播好几种疾病的凶手，制造噪声污染，减少粮食产量。接着，由市政府牵头，轰轰烈烈的灭鸟运动开始了，用枪、用网，烧掉、埋掉，捅鸟窝、砸鸟蛋，评选灭鸟英雄。头头们无比严肃，发表讲话，于是也就没人笑得出来。从那以后，鸟就从永安消失了，至少表面上如此，即使还活下来的，也不会叫了。有时候你会在城市中遇见那些农村来的鸟贩子，他们和卖毛片的贩子一起成为城管的心头大患，他们走过来问你说："师傅，要鸟吗？"或者，"师傅，要生活片吗？"

这听起来是个笑话，但我说了，头头们那么严肃地发表讲话了，发文件了，盖着通红通红的公章，也就没人笑得出来，即使那时候灭鸟的头头死了，后来的头头也要给他个面子，继续让城管满城抓鸟贩子。

因此，那个鸟贩子给我鸟的时候，我根本就没看清楚它是什么样子。她说三十块，我就给钱了。

我问她说："阿姨，是什么鸟啊？她说："好鸟，好着呢。"

我的鸟是红嘴灰身子，安静得甚至不像是鸟，有时候要死不活叫几声，晃着脑袋，在笼子里跳来跳去。我叫它小灰。

但我猎狗一样的导师打电话给我，寒暄了几句，就问我说：

“你养鸟了吗？”

我说：“是啊。”于是他痛心疾首，又训斥我一顿：“等你被发现可是要罚一大笔钱的！”接着又说：“你过几天来我这里，拿点好的鸟食给你。”

他问我：“喜乐兽的事情，你有进展了吗？”

“没有。”

“我找了点关系，我们明天可以去老市长住过的干休所看看。”

我大笑着说：“你依然青春依旧。”他冷笑着说：“老地方见。明天早上九点半。”

我等了老师半个小时，他也没有出现，后来来了一个学生模样的年轻男孩，他说：“老师让我把介绍信给你，他说他有事。”男孩穿格子衬衣，眼神明朗，青春逼人，他红着脸说：“我看过你的小说。”

我和他道别，坐 378 路公交车到牧人山上的干休所去，公交车从机场高速下面开过去，我隐约听见飞机起飞、降落的巨大声响——不久以后，它们就会变成凤凰，去向远方。

干休所比我想的漂亮很多，都是独立的灰白小房子，院子里种着樟树、桦树、桉树，门口是各种花朵。正是栀子花开的季节，雪白柔软的花朵开得满园芬芳。

编号 73 的管理员带我去老市长生前住的房子，编号是 104。他说：“老市长死了以后就一直空着，还没人住呢。现在也基本都是他生前的样子，没怎么动过。”

我推门进去，房间简洁得就像从来没住过人。我眼前大屏幕一样滚过报纸上颂扬其高风亮节两袖清风的句子。外间是一张茶几、三张藤椅、一台二十九英寸电视，然后进去是内间，床、床头柜，书柜大过衣柜，卧室出去是天井，天井后是厨房和卫生间——是老房子的格局。

我问 73 号管理员说："老市长没别的东西留下吗？"他白我一眼说："你没看报纸吗，两箱书，一箱衣服，没别的了。"

房间的墙壁刷得雪白，太阳照射进来，一反光，让人的眼睛也扛不住。我说："这墙真是白，老市长每天这么看着居然也不眼花。"

管理员说："谁没事看墙呢。"

我们左看右看，他跟在我后面，面无表情，我在心中把我导师骂上一百五十六遍，摸出烟来问他说："抽烟吗？"他说："不。"于是我自己点上，狠抽一口，接着对他露出最迷人的微笑，说再见。

下午三点钟，73 号管理员陪我走过整个干休所，一模一样的灰白平房外各种编号一闪而过，安静得像是一座空城，他送我到门口，说再见，然后，用力关上了大门。

我在海豚酒馆对小虫讲干休所的故事，我说："真是干净啊，干净啊！"小虫坐我对面，喝啤酒，吃花生，他说："这么干净你信吗？再干净的房间还积灰呢，除非你天天扫。"

他的电话就在这个时候响了起来。

我们是在星空电影院门口看见李春的。霓虹灯背景一样闪得像个绚烂舞台。她坐在台阶上，身形瘦小，像个孩子。低着头，看不见表情。头发花白，穿绵绸红上衣。

带我们来的小吃店老板说："她坐在这里好几个小时了，我问她叫什么名字，她说叫李春，我就打电话给你了。"

我们走过去，她抬头看我们，她的眼睛极其黑，并且大，那样看着我，略带悲伤，接着，微笑。右眼下面有一颗痣。

她很老了，皮肤发皱，但曾经应该是一个美人，眼睛很漂亮，鼻子的形状也很好，脸的轮廓也是美丽柔软的。

我们问她："你是李春吗？"她有些奇怪地看我们，但并不否认，说是。

小虫说："你家里人到处找你呢。你家在哪？我送你回去。"

"你是谁？"她问小虫。

"我是那个被错登了电话上去的倒霉鬼！"小虫没好气。

她看着小虫，笑了，说："好吧，你送我回家。"

小吃店老板眉开眼笑，脸上露出抽中彩票般的光芒。李春不露声色拿出钱包，摸了五百块出来，递给老板说："谢谢你。"

小吃店老板欢乐地接过钱道谢走了，他只看见了钱，但我和小虫都在那瞬间看见她的手腕，瘦弱，细，白，并且，长了六个突出的骨节，婴孩牙齿一般——是左手。

我说："你不是人。"

她笑，说："是，我是喜乐兽。"

她的眼睛看着我微笑，和照片中那只小兽有一瞬间的相似，我脊椎突然发凉。

我们送李春回家，她住在第六人民医院的家属大院中，我问她说：“你是医生吗？”她说：“是的，中医。”

我们去她家中小坐，客厅干净整洁，粉红色窗帘，有一个小吧台。“你一个人住？”小虫问她。

“我没有结婚。”李春说。

她问我们喝酒吗，并去给我们拿杯子，我细细看她，左臂果然比右臂略长，我们三个坐下来，她给我们倒酒。动作轻巧美丽像跳舞。

小虫喝一口酒，略带紧张。大概这是他第一次看见真的兽。

他说：“那个电话……”

“登错了，”李春笑，“他的电话最后一位是6，你是9。”

“他？”我问。

“不在了。”她说。

我无意听恋爱故事，于是直奔主题，我问她说：“照片中的那只喜乐兽你认识吗？”

“是的。”李春喝一口酒，动作极其优美，她说，“那就是我。”

她的眼睛，漆黑，看着我，已经是一个人类老人的模样，算起来，五十年前，还是一只幼兽。

“我以为喜乐兽一直会是孩童模样。且没有性别。”我低声呢喃。

她笑了，她说人类对喜乐兽其实知道得太少了。

她说得没错，人类对兽始终知道得太少，却自以为是，还为它们著书立说，无数人靠它们吃饭且骗得了功名利禄。但无人知道兽确切的生活，如何生，如何死，如何看待人类，如何过下去。

可能也是因为这样，我无法把照片中的幼兽和眼前的老兽联系起来——她已经老了，但眼睛确实和那只兽无比相似，我随口问她说："喜乐兽能活多久？"

"长生不死。"兽回答。

那一夜我极倦，小虫送我回家，为我冲牛奶，像我兄长那般哄我睡觉。我半梦半醒，对他说："记得喂我的鸟。"他笑着捏我的鼻子，说："我知。"殊途同归，谁知道，他找的李春，和我找的兽，竟然是同一个。

那一夜我又梦见那只喜乐兽，而且还是幼兽的样子，她依然那样看着我，眼中恐惧似乎更甚，突然，发出一声清脆的、鸟儿一样的兽鸣。

我猛然惊醒过来，似梦非幻，听见鸣声不断——原来真的是我的鸟在叫，突然之间，它像疯了一样，叫了起来。

我冲到客厅开灯，看见鸟无比亢奋地跳来跳去并且鸣叫，我极惧，冲过去看，却闻到鸟笼的水槽中酒气冲天——死小虫！竟然用白酒当水喂鸟！

我想打电话去骂他，但终于忍住，给鸟换了水，把鸟笼罩上黑黑的笼罩，就再也睡不着了。

睡不着，在窗户旁边坐着，抱着靠垫抽烟，低头下去，恍惚看见永安城下，浓密的树林长了起来，急速地发芽膨胀，把高楼挤碎、吞噬，挡住了所有的灯光，但还有月亮，云层厚重而发黑，天空高远，就像远古时候从来没有城市那样。那时候，没有人，都是兽，他们在树林间奔跑，拥抱，撕咬，残杀，交配繁衍着下一代。突然间，我就看见鸟儿飞起，是一只鸟，或者，是许多只鸟，我记不得，因为那鸟极美，身形修长，动作优美，麟羽泛出青白色的光芒，就像凤凰，翅膀汇集了世界上所有的色彩，从永安森林里飞出来，清锐地长鸣了一声，无比悲伤，绕着城市飞了一圈，冲上云层，消失了。

我的鸟继续发疯般叫着。

三分钟后我导师打电话给我，他有些激动，说："你看见鸟了吗？真的！鸟！那一定不是普通的鸟，那是兽！"

原来居然不是幻觉。我失笑。

第二天，这条新闻铺天盖地上了所有永安报纸的头条，有照片，却模糊不清只见白光。但晚上不睡觉的人居然有那么多，许多人看见了鸟。老人们在摄像机前泪流满面，有一个老人说，上次看见这样的奇景还是小时候的事情——更多的老人坚持说，这哪是凤凰，就是传说中的神鸟。一整天，所有的人都在议论这件事，直到晚上，我去了海豚酒吧，还听见我隔壁一个很朋克的小混混边喝酒边说："我早就见过那只鸟的样子啦！但没想到居然真的有！"

我转头看了他一眼，他也看见了我，我只好对他尴尬一笑。

过了几分钟，那个男人走到我对面，坐下来，给我买了一杯酒，他说："我见过你。"

我低头喝酒，他却固执重复，说："我真的见过你，在什么地方。”

他摸出烟来，递给我，问我说：“抽烟吗？”

“不。”

他愣了一下，笑了起来，说：“我想起你来了，你上次来过干休所！”

我也愣了，抬头看他：“我也想起你了，你是73！”

我们一起大笑起来。

我陪他喝了几杯，他可能早就喝醉了，凑过来，满身酒气，给我讲老市长的事情。

“那个老头其实有点疯疯癫癫的。老是在自己房间墙上画画。”他神秘地压低了声音，“你知道他画的是什么吗？”

“他画了那只鸟，”他说，“就是昨天晚上那只。真的！”

我眯着眼睛，不去管眼前醉醺醺的男人，想到了那面泛着阳光的、晃眼的白墙。后面居然有那么美的鸟。

我打电话给我老师，告诉他最近发生的事。他说：“你又去找过那只兽吗？”我说：“没有了，也不想打扰人家的生活。”他称是，说：“你一向是这样的。”我们都在电话中沉默，他说：“你出来同我吃饭吗？明天。你的生日快到了。”

我笑了，我说：“好。”

他再次失约。我坐在饭店中，等他一个小时，来的还是上次那个男学生，给我一封信，他说：“老师有事不能来，让我把这个给你。”

我啼笑皆非，撕开信封，里面只有一张照片。

里面的男人并非我师。高鼻梁，戴着眼镜，有些木讷，身边是一个女人，很矮，身体瘦小，面容秀美，一双眼睛大而漆黑，看着我。是冬天，两个人都穿着厚厚的衣服，站在雪地里，笑。是有些老的照片了，照片里的人，那时候还年轻。

我不怒反笑，说："算了，来都来了，我请你吃饭。"

他脸红，说："好。"

我们吃了丰盛的晚餐，预定的老年份红酒也喝得干干净净，我说："最近你们都在干什么？"他说："最近啊，研究喜乐兽啊，怪得很，老师天天带我们往市政府跑，翻陈年资料，不知道有什么关系。"

我冷汗一出，酒醒一半。不愧我师。忙摸出照片，问他："这个男的是谁？"

"是永安市以前的市长，"男学生说，"老师说你一看就知道的。"

我再看那张照片，是的，我终于认出了，那个女的，那双眼睛，是那只喜乐兽，李春。

分明就是那只兽，看着我，微笑，那时候她是一只成年兽，果然和我想的一样，非常美丽。

我约见小虫，问他说："把你的电话最后一位改成6，打过去看是不是老市长的电话。"小虫忙着发短信，说我怎么知道。我说："你少装蒜，你这么八卦，不去查才怪。"

他尴尬一笑，“是的啊。我就知道了嘛，恋爱故事。”

那时候我没有问，兽说“他不在了”，我便隐隐有感觉。

那时候他还年轻，是个记者，在镜头后面，他看见了那只小兽，他爱上了她，她亦然。但最后，他们为什么分开，并且彼此孤独终老，无人能知——恋爱故事。

但他发出寻人启事，到处找她的消息，那只兽，她不爱说话，眼下有痣。她也看见了，但却在背后看见了他的死讯——恋爱故事。

恋爱故事。算了。

我们两个对着抽烟，那是一场古典爱情，五十年前，期间，发生了地震、战争，甚至荒谬的灭鸟运动。我笑了一下，咳嗽了起来。

我闭着眼睛，就能看见摄影师的镜头，阳光是那么久远，小兽穿着运动服，身体渴望又软弱地倾斜，在他的眼睛前面，努力地微笑——就是那张照片，她的眼睛漆黑，很大，明亮，神情有些恐惧，脸在阳光下发出墙壁一般的雪白光芒。

我突然打了一个寒战，又一个。

我猛地抓住小虫的手，“那天的报纸呢？我要看！”

那天的报纸小虫丢在海豚酒吧，我们冲回去找出来看，那张小兽的照片还在，一切都不是我的幻觉，它的脸小而且白，虽然被涂上了奇怪的粉红肤色，但依然璧一样纯净。

右眼睛下面，没有痣。

不止如此，我又后知后觉猛然想起，导师给我的那张照片中的女子，眼下也无痣。

我摸照片出来给小虫看，问他说："你看这个人是谁？"小虫说："这个女的挺漂亮的啊。"我问是不是李春，他说不是。

"为什么？"

小虫慢条斯理，抽一口烟，皱着眉毛看我："你是白痴啊，照片里面这个女的算起来至少比李春大二十岁——你没看下面的时间吗，是五十年前，那时候李春不是还小吗？"

我一惊，又把照片拿过来看时间，果然，清清楚楚的日期写在右下角。那时候，那只喜乐兽还年幼，甚至并无性别。

我们拿着照片冲去找李春，但人去楼空。小虫沮丧地一直敲门，敲得隔壁老头都出来看我们。老头穿一条白短裤，神色蒙眬，皮肤急剧下垂着，似大沙包。他说："你们找李春吗？她走了，前几天来了好几个人，把她的东西都搬走了。"

他神秘地对我们说："我早就觉得李春有问题，不是一般人啊。我和她当了三十年邻居，都没怎么和她说过话。"

多么悲哀，她是一只兽，但现在断了消息，没有人知道，她如何长大，发生了什么——喜乐兽喜独居，行踪神秘，百年难遇。

但小虫显然比我清醒些，从我包里拿出照片给老人看，他说："你认得这两个人吗？"

老人看了又看，说："这个女的长得和李春年轻时候很像啊，男的，不就是以前的市长吗？李春和他们什么关系啊？"

我一惊。忙把照片拿回来，匆匆道别，拉着小虫走了。

那天晚上我一个人走路回家，烟抽得很多。我们把故事想错了，但故事一定很多。已经死去的老市长，还有那个从未出现的女人或者兽，还有喜乐兽李春。但现在，线索消失。

还有，那张照片中的，我几乎肯定了，另一只小兽。

永安的夜那么黑，一到夜里，虚幻的树木就从土地中发芽，噼里啪啦地生长出来，高高地插入云霄，变成了兽的美丽回忆。隐约而不明的鸣叫不断。

我用力抽一口烟，呛得我咳嗽起来，在一个常顺路过去的街心花园，我蹲下来，看见那只照片中的陌生小兽，那双充满恐惧又微笑着的眼睛。那是亡灵。我心中明朗，它已经死了，所以时时出现在我面前——永安是亡灵、兽和人混杂的城市，彼此在大街上擦肩而过，相爱，甚至产子，但都不得好死。

我的电话响了起来。

打电话来的是我老师，我接起来，不说话，他在那边叹气，他说："你不要哭。你不要哭，我来看你。喜乐兽已经离开了。"

我说："我知。"语气低沉。

"明天你来实验室。"

"好。"

但我等不到明天，立刻打车到大学去，轻车熟路摸到实验室，拿钥匙，开门——我知道他不敢换锁，门立刻开了。

我打开灯，白光下，对他仅存的内疚消失无踪——房子里遭打劫一样散乱地放着许多物品，分外眼熟，一看就是李春的。早该想到。

我走过去看，在台上有一堆文件，显然已经整理出了一个雏形，旁边的文件盒盖上写着：喜乐兽 001。

上面的东西是李春的，一些信，但都没有寄出去。写着很多年代久远的事情，似古代传奇小说，有的写给某个男人，她写："我似乎爱上了你，所以，不愿意离开了。虽然过得很苦，而你再也不见我，我也不愿离开。其实，我并无意伤人。"这只兽的东西很少，字写得很丑，好像刚刚学字的孩童。

也有照片，一张在花丛中，阳光灿烂，她还年轻，长得很瘦但美，独自一个人，笑得恍惚。

下面的东西是老市长的，放在另一个袋子里，写着他的名字。

先是照片。老市长年轻时候，还是一个记者，脖子上挂着老相机，旁边是之前照片中的女人，两个人牵着一个五六岁的小女孩，笑得灿烂，小女孩眼下有一颗黑痣。

然后是他写给妻子的信，他写道："她已经不是我们的女儿，已经是妖兽，快杀了她！在我回来前，杀了她！"

接着是一份市公安局调查文件，盖着好几个章，说是某年某月某日，市报大院中发生入室盗窃，女主人被暴徒砍死，女儿失踪，男主人略有轻伤，但神志不清，一定要尽快破案云云。但从文件里看，最终不了了之，于是这血案作为警界之耻，鲜为人知。

还有一份关于灭鸟的文件，应该是内部的秘密档案。那时候他已经是永安市长，起草了草案，里面说，鸟会吃人，要务必从永安清扫出去。

最后是几幅素描，年代久远，有些模糊了。

头一张就是那只我见过的凤鸟，姿态美丽无比，扭着脖子，眼睛黑亮。

然后是那张照片中的另一只小兽，在太阳下面笑着，很瘦，几乎是皮包骨头，但眼睛明亮，依然有恐惧。

最后一张还是那只小兽的，它已经死了，躺在一处阳台上。手腕处七根倒刺分外明显，像树枝嶙峋着。它闭着眼睛，右臂在怀中，手痛苦地握紧，而左臂有右臂三倍多长，诡异地高高举起，伸向天空——这张画画得很潦草，我怀疑大多不过是我的想象。

我站起来去放标本的柜子里看，果然看见了一个新的标本，泡在罐子里，是一截枯萎的手臂。很细，手腕处长着六根倒刺，白。手臂剖开，里面，空空如也，被吃得干干净净。

那天晚上我回家，在电梯的镜子中看见自己脸色苍白，眼睛中满是恐惧。我想着那只兽在李春体内，一朝一日食着爱人的血脉亲孩，但又不忍那么快吃完，离开这个与他有关的身体，忍了吃，吃了忍，一共，竟然吃了五十年——它离开时候，在城市上空盘旋，想到他们初见时候，他待它如女儿，为它照相，说：“来，笑。”它就笑了，但那被它所食的女孩，眼中无比恐惧——电梯门上，闪亮亮的，是我自己的脸，一双眼睛漆黑无声，哭了起来。

推开门，我看见我的鸟死在笼子里，翅膀干枯，一动不动。

喜乐兽乃瑞兽，莫分雌雄，形如凤鸟，通人语，性忠纯。喜乐兽性命极短，大多时间寄存在人体内，喜食孩童，因此寄主多为人类小孩。一旦它吃光人的五脏六腑、大脑、血脉，便从寄主长长的左臂中飞出，幻为巨大的凤鸟，形极美，但一夕就亡。

喜乐兽直接从死亡的本体繁殖——头顶的一根翎毛会寻找新的寄主，进入体内，以此为巢重新成长。

周而复始，亘古千年，喜乐兽，长生不死。

舍身兽群居，
体健，
复原能力极强，
故不易伤。
但喜自残，
一而再，再而三，终至于亡。
故名舍身。

舍身兽

舍身兽性忧郁，喜高寒。远古时在山巅可见。其身形高大，肤黑。眼微蓝。唇薄。耳垂修长，呈锯齿形。其余若常人。

其雄兽不通人语，好斗。而雌兽温和，善人语，一般通晓多国语言，嗓音动听，歌声宛若天籁。一头雌兽有两到三头雄兽为配偶，雄兽互斗为雌兽取乐。

舍身兽群居，体健，复原能力极强，故不易伤。但喜自残，一而再，再而三，终至于亡。故名舍身。

雄兽好斗而多亡，雌兽次之。

故，自古以来，舍身兽数目不断减少，早已成为极度珍贵的兽种。到现在，人类成立自然保护区，或者建立专门的舍身兽保护基地，依然不能阻止他们的自残。人类也曾试图培养小兽，但多自出生就绝食而亡，成活率极低。

永安市最高的楼叫作云端大厦，从50层到60层是专门的舍身兽研究保护基地，到现在共有舍身兽56只。而永安作为世界上最大的舍身兽研究地，吸引着全球研究这种兽的学者前来交流，举行年会，带动着经济的发展。

舍身兽一度成为永安市吉祥物，但却因为性格太阴郁而被取缔。但每个周末依然有络绎不绝的中小学生到云端大厦参观舍身兽。

因为怕他们相互残杀，舍身兽都被单独关在大笼子中，设施高级若白领公寓样板房，但依然有舍身兽不断自残，到月圆之夜前后更为严重，于是科学家把它们绑在床上，蒙住眼睛，播放摇滚乐，或者相声小品及娱乐节目，助它们度过低潮。

但近年来，舍身兽数目依然不断减少，且随着情况日益严重，他们甚至性欲低落，无法交配产子，科学家们焦头烂额，政府发起“保护最后一只舍身兽”的活动，全社会捐款，派遣明星同他们见面交谈，给它们提供歌舞表演，无所不用。

每一只舍身兽的死亡都可占据新闻头条，引全城少女落泪，每一只小兽的诞生更是一个节日，永安全市放假一日，为小兽平安生长祈福。而产下小兽的雌兽则可举行大型派对，做演讲，上访谈，俨然民族英雄。

昨天，又一只舍身兽死了。

我的外甥女路佳刚好去云端大厦参观舍身兽，本来兴奋无比，却因为这个意外事件被吓得小脸惨白，回家只会哭也不吃饭，吵着要见写故事的怪人小姨才好。我姐姐与姐夫这两个“路佳之奴”，可怜无比地打电话给我，勒令我去他们家哄小路佳吃晚饭。

本来在海豚酒吧等着看南方小镇来的猴子翻跟斗表演的我，不得不打车飞去他们家哄小宝贝开心。小虫嘲笑我：“没主见。”

我说：“小虫，你孤独惯了，不知道家族的伟大。”

我对兽的家族不了解，但至少对于人，家族是伟大的，似一棵树的根，给你生，给你活，却也让你死，让你死在根上。

但小路佳不懂这些，她还是个小女孩，见我，哭哭啼啼，扑我怀中，叫："小姨。"我心也碎了，忙拿黑森林蛋糕出来哄她开心——她爱我，我也爱她。

她说："你知道吗？我看见他死了！"我抱她小脑袋，柔声说："有生命的东西都会死。"

她似懂非懂，说："那么，我们都死了，谁来上班，谁做饭？"

我失笑，但又忍不住想到我年幼时候，也同样伤感，问母亲："等有一天，我们都死了，大街空荡荡，谁打扫？多恐怖。"

母亲笑："我们死了，新的人又来，周而复始，生生不息，而我们将在远方相见，彼此或许陌生，但始终擦身而过。半生缘。"

大半个小时，我化身猴子讲笑话、翻跟斗，小路佳终于开心，终究是孩子，已经把兽的死亡忘记干净，大口吃饭就是，怪我姐姐说："今天的牛肉不够嫩。饭后甜点花样太少。"

姐姐送我下楼，电梯中我们低声说几句，我问她："那只兽怎么死的？"

她皱眉说："听说很恐怖，用餐刀切开肚皮，肠子流了一地，又怕再长好，那兽居然忍着痛把肠子也一条条切断——不容易死的，偏偏这么想死。"她叹气。

难怪路佳要哭，我一听也几乎昏厥。不过情理之中，每一只舍身兽的死，都是如此惨烈。因生命力太过顽强。要毁灭，手段也极其残酷。

本年度舍身兽之死已经是第六例，纵然保护周密，措施万千，但一月一只，几乎成定理，每月月圆时候，必有舍身兽死，防不胜防。且都无比恐怖。足可做惊竦电影题材——切肠子不在话下，有割脖子的，大力割下，整个脖子只剩后颈一圈皮肤，要掉不掉，有从云端大厦楼顶跳下的，落在地上如红糨糊——如此种种，不说也罢。

报纸一般都黑底红字，说：世界上第 XX 只舍身兽今日死亡。无数个惊叹号。那个数字，越来越小。

进而详细描述死法，形容词成山，白描也精彩，照片用马赛克处理，似露点女郎，欲盖弥彰，全市人为之疯狂。变态心理表露无遗。

也有轻狂少年成立舍身兽社团，模仿舍身兽死法，闹得家长心惊胆战。一月跳楼的人最多，二月上吊，三月割脖子，四月挖心脏……到本月，闭着眼睛也知，自杀人士多半切肠子——舍身兽领导自杀界最新潮流——若时尚杂志预测黑色是秋冬流行色，歌特风格便大行其道，其实根本毫无道理。

但，没等切肠自杀的人出现，新闻就来了——上头头头说：“反正舍身兽也死得差不多了，为了避免如此恶劣的社会影响，决定集体屠杀舍身兽，以绝后患。”

全城皆惊。

但娱乐新闻天生爆炸，第二天所有报纸上同一头条：两只舍身兽逃亡，一雌，一雄。

惟有小虫我行我素得可爱，第二天依然带他新女友来和我见面，海豚酒吧摇曳灯光下，二人都面色如鬼，小虫向我介绍：“我新女朋友如如。”如如一张小脸，长发及腰，伸手同我握，我笑：“少有的好品位，小虫。”

我同如如一见如故，低声交谈，她声音非常好听，眼睛似婴孩，瞳仁黑且大，像我外甥女路佳。我对她心生好感，问她说：“你和小虫怎么认识的？”

如如笑，说：“我们是同乡。”

哦？我好奇，认识小虫多年，竟对他的过去一无所知。只知他终年不换手机号，都猜想他有个旧日女友，怕她迷途归来，寻他不到——但只是猜想，无人知道。

但终究是矜持都市人，谁也不多问。

一晚上我们喝酒，小虫喝醉，他说：“你知道为什么我老换女朋友？”

“你变态。”我敷衍他。

小虫说：“不，因为我自虐，明明一个人怕孤独，但两个人又觉得还是一个人痛苦好，生得惨，死得烈，像一台戏，多精彩。”

“你真伟大，用生命来给众人娱乐。”我给他白眼。

“你不懂。我们不一样。”

我又白他一眼，低头喝闷酒，摸烟出来，问他抽不抽。

“抽，抽。”他说。拉如如手，温情无比。

天生戏子，但你做戏，别人可在看，你感动，别人却嘲笑。你知根知底，但装疯卖傻，可笑。你浑然不觉，更可笑。

路佳打电话给我，说："小姨，报纸上说要杀舍身兽。"

"是啊，"我说，"不过大人都喜欢乱说话，你不要太当真。"

小姑娘沉默半天，突然无比稳重，说："他不想死。"

"啊？"我跟不上年轻人思维，傻问。

"那只雄兽。"

她说："小姨，你不是写了很多兽的故事吗，我也懂得他们，虽然他们不说人话，但长得和我们也差不多呀，我看他眼睛就明白，他跟我说，他不想死，一边哭，一边流血……"

"别说了，"隔着电话线，我想拥抱她温暖的小身体，"你别胡思乱想。"

"不是的，"她很固执，跟我小时候很像，她说，"真的是这样，我懂得的。他们不想死。好可怜。"

挂掉电话，我想着她的话，舍身兽自杀是从什么时候开始？一万年前？两万年前？

从有人类开始，就有舍身兽，他们一直在死，到现在，是多少年了？那么曾经，他们有多少只，多么庞大？

但，他们不想死？我反复想路佳的话，终究笑了。

孩童是如此，觉得生命如花朵美好——他不想死——但她会长大，会明白，生有时候味同嚼蜡。说放手，就放手了，当生命强韧时，便想毁灭，毁灭它，如作戏，轰轰烈烈，多快乐。

电视中，正播放政府最新统计：一月，一只雄兽跳楼自杀，跳楼的人多达二十三名；二月，一只雄兽绑着双手上吊，同月上吊的人多达三十五名；三月，一只雄兽死了，脖子断掉……一直到六月，路佳看见的那只雄兽剖开肚子切了肠子……

死的，都是雄兽。他们甚至不能说话。我们不懂。

路佳说“你们不懂，我懂。他不想死”。

我突然冒冷汗。

只好打电话给我曾经的老师，问他："要屠杀舍身兽的事情你知道吗？"

“知道。”

轻描淡写，让人愤怒，身为知名动物学权威，他恐怕早被政府作为专家请入计划核心组。

我说："你少装蒜。"

他不为所动，继续说："先杀雄兽。下个月开始。雌兽温顺，也会说人语。会等几个月。所有的幼兽也会从下月开始被投喂慢性毒药。"

“太残酷。”我说。

“自然规律，优胜劣汰，何况，他们只是兽，不是人。”

“我知道，虽然脸和我们几乎一样。”我知这是我的死穴，所以当不了动物学家，改做无聊可耻的小说家。

我是在海豚酒吧外面遇见那个男人。他很高，站在门口，往里面望，灯光昏暗，但脸上轮廓依然看得出很好看。

走出来的时候，我在哭。喝得半醉，想到陈年往事，只是哭，一头撞在他怀中。

他扶住我，神色忧伤，看我一眼，眼睛像孩童一样纯洁，甚至有婴儿蓝。

我问他："你找人？"

他只笑，不说话。

我转身走，他跟在我身后。我于是停住，问他："你干什么？"

他走过来拉我的手，手很大，掌心温暖干燥。他拉我入怀，抓住我手，摸他耳朵——锯齿形耳垂。

锯齿形。眼睛发蓝。嘴唇薄。似笑非笑，看我。

舍身兽。

逃走的一只，雄兽。他来寻我吗？为何？

但他无法回答我问题。

我带他回家。喂他喝牛奶。他极温顺，低头喝，不时抬头看我笑。他这样，让我想到我的初恋男孩，放学送我回家，在我家门口，低头看我笑，不说话，眼神分明，想要一个吻。

于是去吻他。

我恍恍惚惚，去吻了那只兽。他的嘴唇冰冷但湿润，口中，舌竟如蛇，分成两条。

我一声惊叫。推开他，捂着嘴。他无辜看我，眼神中，略有宠溺无奈——卑微的人类。

然后张口，给我看他的舌头，分分明明，不是天生，伤口刺裂狰狞，是人为割开的。

雄兽，不通人语。

一条舌，分两端，不死，因生命力无比顽强，因是舍身兽。

我惊惧，想问，但无回答，也不知道是什么问题。

他只看我。眼神阴郁，突然，探过身，吻我。似蛇，冰冷，潮湿，我动弹不得。

那一刻我决定驯养他。

我们睡在一起，他满身伤疤，横横竖竖，但身体温暖，抱我在怀中，如我母亲般温柔，哄我入睡。不说话，一人，一兽，似溺水之人，抱住浮木，安然睡去。

小虫打电话来时，我还未睡醒，接起来，迷迷糊糊，他问我："你和别的什么人在一起吗？"

我说没有——并非要骗他，下意识，而且，也不是人。

他啰唆无比，又问一次："真的没有？"

"没有。"

"你骗我。"

抢过电话的是如如，她声音很焦虑，说："他在你那里对不对？你别走，我们马上过来！"

"我们在楼下了。"小虫补充。

我身边的雄兽，半梦半醒，满身伤疤，听见电话中的声音，突然惊醒，眼神惊恐，一把推开我，缩到窗边，发出低声吼叫。

我莫名。

但小虫已在敲门。

盖世太保。

我开门。小虫冲进来，背后是如如，第一次在日光下看见她，眼睛发蓝，肤色略黑，但依然很漂亮——她直接走到我卧室，寻到那只雄兽，过去拉他，柔声说："你怎么又跑出来，跟我回去，满大街都在找你，你不是怕死吗？"

我呆立门边，看小虫，小虫不看我，坐下，抽烟。

好小虫，人兽通吃。

我们坐下，正式介绍。"雄兽唤作周飞。是我的丈夫。"如如说。

我给他们泡咖啡，问他们吃早饭没，于是给他们烤面包，要抹花生酱还是苹果酱——照顾周到。然后他们离开，小虫关门，眼神闪烁，终于问我："你们……"

"我们没什么。"我迅速说。

关门。

一场闹剧。二十四小时内我已见到走失的两只舍身兽，一雌一雄。

但周飞，为何来寻我。

为何。

一闪而过。

我回去补眠。

被我老师电话吵醒。

他说："你少跟小虫来往些，最近，他是个危险人物。"

"不就是收留了两只舍身兽吗？"我低声回答。

他吸气，说：“你看见他们了？”

“是啊，一雌一雄。”

“你离他们远点。”他说。

“难道会吃人？”我撇嘴。

他忍气，说：“至少离雌兽远点。”

“为什么？”我问。

“你没发现么，那些死的，都是雄兽，你看见他的舌头了吗？”

“你什么意思？”我大声问，无比愤怒。

“你已经知道了。”我师平静，挂电话。

我握着电话，浑身发抖，想到那个吻，分开的舌尖，如此冰凉。我打电话给路佳，接电话的是我姐姐。我说：“找路佳。”

姐姐说不在，路佳去看舍身兽。

“明日开始屠杀第一批舍身兽，小朋友们今天去告别。”

“真的杀？”我无比惊讶，“怎么会！”

“头头们已经决定，死者家长请愿，队伍庞大，哭天抢地，舍身兽非杀不可，何况保护也保护不来，本身就自残。”

“怎么杀？直接用子弹打入大脑，免得死不透，生命力如此旺盛，之前还注射毒药。双重保险。”

说的人平静，我眼睛已湿，浑身颤抖。

去云端大厦。下面的红河广场依然拥挤。人海中我好费力，终于看见我小外甥女路佳，一堆小朋友大概二十人，平静地坐成一堆，似圣雄甘地，不言语，举个牌，上面写：不要杀死舍身兽。

但周围，人来人往，当他们是乞丐，看一眼，走开。

谁关心。

永安城那么多兽，死了一种，还有新的品种，何况杂交种无数。当初对你好，是给你面子，如今你咎由自取，怪不得别人。

我冲过去找路佳："路佳、路佳，你为什么不上去？"

小东西回头看我，泪痕满面，她说："小姨，他们不让我上去，但那些兽真的不想死的，我懂的！"

我怒极，打电话给我导师，我说："你找个办法让我带小朋友去云端大厦看舍身兽，反正你们已经决定明天杀死他们，无所谓多看一眼，你不让我们看，这辈子你也别想见我。"

他知我生气了，于是沉默一会儿，说："好。"

过一会儿，云端大厦中走出一制服男，面目和善，内心可憎，恭恭敬敬如见女王，对我说："请跟我来。"

路佳以及她同学，无比崇拜地看我似看蝙蝠侠，跟在我后面，去看舍身兽。

第一次看见那么多舍身兽，在一个一个玻璃房子中，身材高大健美，都长得很好看，眼神清明聪慧，看着我们，神情空洞，我打一个寒战，那种眼神，似高堂中、莲花上的佛祖。

你们什么都不懂。我想到周飞。那夜我们相拥，我孩子般不停对他说话，他只是微笑，抚摩我的背，他懂得，我不懂。看不穿，走不出。

他们那样看着我，全身都是伤痕，甚至有一个半边脸都被毁掉，但纵然如此，他们的眼睛，纯洁如孩童，还有婴儿蓝，顿时让我无所遁形，心中甚至冒出无名火，恼羞成怒。

我突然有一种强烈的感觉，舍身兽或许才是神灵的最爱，才是那个完美的造物，而我们人类，及所有别的物种，不过是次品，是被神抛弃的垃圾——胸中刺痛，这感觉如此强烈，让我几乎呕吐。

所幸路佳拉我："小姨，怎么了？你脸色不好，你伤心吗？"

我回头去看，似恍惚看见舍身兽，一群，还年幼，同情无辜的眼神，看我。

我哭了起来，无法克制，蹲下去，痛哭起来。

一个制服男人走过来，给我一杯水。他拍拍我肩膀，走开了。

路佳拉我去看她最爱的一头兽，是雌兽，长得有些像如如，坐在玻璃房子里，安静地看一本书，路佳敲玻璃，她看见她就笑，走过来对她说话，玻璃上有小孔，听见她的声音好清亮："路佳，你来看我？"

路佳小脸满是哀愁，她问她："轻轻，你会死吗？"

"会呀，"轻轻说，"我们都会死。但，没关系。真的没关系。"

路佳欲哭，于是轻轻安慰她："或许也不会死，我们总会有一个活下来，可能两个，到时候，路佳，你可去看我们。记得带柠檬汽水和香蕉，我们最喜欢。"

"好。"路佳低声说。

她伸手过来摸路佳，隔着玻璃，摸不到，她的手臂很细，上面密密麻麻，满是伤口，不是浅的，而是很深，两边的皮肤都翻开来，似犁开的田地，很恐怖，但生命依然在。

我留路佳和她小声说话，路佳扒在玻璃边，小脸悲伤，眼睛中是泪。

隔壁几间都是雄兽，身上的伤口更加多，有一个手臂也断了，但依然活着，坐在房间中间，或者扫地，或者熨衣服——明天就死去。他们的平静让我几乎站不住，这个时候没有兽去自残，几乎让人忘记了他们曾那样激烈地伤害自己。

最末一间，我看见了那只雄兽，他的脸全烂掉了，似乎是因为强酸的腐蚀，但一双眼睛漂亮，拿着一把小刀，削铅笔般，削自己的手指玩，一条条落下去都是肉，他咧嘴笑，一张脸，纵横交错，都是伤口。血顺着流。

我终于剧烈呕吐起来，转过身，跑了出去。

我导师打电话给我，不愧云端大厦，电梯中信号良好如故。他说："我让钟亮在楼下等你，你去找他。"

"钟亮？"

下楼，看见见过几次的年轻男学生，原来他叫这个名字。钟亮，我导师的新走狗一只，笑嘻嘻，走来，叫："师姐。"

我说："我还没从他手下毕业。配不起。"

他依然笑，到底年轻俊朗，假笑也好看。他说："老师说了，师姐你是他最得意的弟子。"

我懒得和他继续贫嘴，脸色惨白，转身要走。

钟亮猛然拉住我，他说："我们去附近喝杯咖啡，我给你说点舍身兽的故事。”

钟亮坐我对面，喝拿铁，一派世家公子派头，开口说话和导师一模一样：“舍身兽本来是一个大兽族，生活在山巅，物资缺乏，生活清贫，雄兽多，雌兽少，是典型的母系社会……”

我打断他：“你少和我打官腔，我要听结果。为什么会死那么多兽？”

“被杀。”他简简单单，两个字。

“他不想死。小路佳早说过。”

“雌兽掌握大权，雄兽则从幼时就被割伤舌头，无法说话，而被大片屠杀，兽越来越少，日子就越来越好过，到最后，甚至连人类也重视起来，于是自然变成保护动物，过上好日子，也无人猎杀，也无须劳作。为了维持现状，每个月依然死一个雄兽，生下来的孩童，若是雌兽就杀死，雄兽则毁去舌头，长大再杀死——舍身兽寿命长，可活长久，雌兽就可一直过好生活……”

他话没说完，就被我打断，我站起来拉他走，他说：“你干什么？”

我说：“什么都别说了，我带你去找那个婊子。”

制伏雌兽如如的过程非常简单，我和钟亮在海豚酒吧遇见了她，小虫不在，她一个人喝酒，神情忧伤，钟亮走过去坐下，拿针给她注射麻醉药，不愧是我老师的得意门生，一气呵成，如如砰然倒地。

钟亮松口气，说："舍身兽太顽强，用了七倍的量。"

"七倍？"我一皱眉，粗略一算，十头大象也得倒下。

他扛如如出去，酒吧骚动，酒保过来问我："怎么了？"

钟亮拿出证件，帅气如FBI，他说："这是逃走的舍身兽，我抓她回去。"

说着，一揽如如头发，露出她耳朵，耳垂长，如锯齿。

众人默然，退去，继续喝酒，红男绿女。

我同钟亮道别，打车回家。途中又接到我导师电话，他说："你会不会回来继续念书？"

"当然不。"我说。

"但你知道，我一直在等你回来。"他低低说，挂了电话。

此人发什么神经？我正奇怪，小虫电话就来了。

接起来才知道什么是发神经，好小虫，怒如红脸关公，声如张飞，狂叫："他们把如如捉走了！"

我说："是啊，你不知道，这是一个阴谋！"

话还没说完，一贯标榜绅士的小虫对我狂吼："阴个鬼，你这个白痴女人！你这么冲动，我们都会被你害死！"

他一骂我，我眼泪差点下来。

刚刚认识小虫的时候，我还是大学校园里的学生，生物系大实验室中我常常遇见他，他不是学生，也不是老师，怪人一个，坐在教室最后一排，似笑不笑，看着我做实验，我解剖动物，他过来纠正我拿刀姿势，他说女孩子不应该这样拿刀，这样切菜不好，做出来的菜，不入味。

他长得很清秀，身材高大，头发长长的，穿着宽大的衣服，像个摇滚青年，皮肤在阳光下显出健康的小麦色，我对他一无所知，但从他生涩的口音中得知他来自他乡。我们成为朋友，每天在实验室见面，他坐在我后面，我导师无比稀奇地从来不阻止他的行为，他说：“你不应该做这个，找个好男人出嫁才是正道。”

我就笑。

他说：“你笑起来好看，其实是一个温柔的女孩，但太敏感，容易受伤。”

一语中的。

后来我退学，在海豚酒吧买醉，他过来陪我喝酒，他说：“你喝醉，也不怕，我送你回家。好吗？”

现在居然骂我“你这个死猪女人！”然后挂掉电话。

我愣住，对司机报一个地址，我说：“去那里。”

小虫家。

一路我心脏狂跳。打小虫手机，一直不通。打电话给我老师，也不通。全世界所有的人好似人间蒸发，直到我小外甥女路佳打电话给我，哭，她说：“小姨你知道吗，那些舍身兽，都被杀死了，一只也不剩。全死了。全死了！轻轻也死了！”

我顿时窒息，我说：“怎么会，怎么会，不是说先杀雄兽？”对，我清清楚楚记得我导师对我说，先杀雄兽，狡猾如他，若早知这一切都是雌兽阴谋，怎么会先杀雄兽？

果然，人去楼空。

小虫不见，周飞不见，如如当然早已经落入魔掌。

我又跳入出租车，报一地址，我说："去那里。"

我导师实验室。

司机还是那个，笑说："小姐你这么着急，男朋友丢了吗？"

如果生活真的那么简单，不知该有多好。

实验室里依然找不到人。我疯了一般，砸掉大半标本，撕掉他的记录资料，毁掉他的桌椅，直到校警出来拦我："小姐，小姐你怎么了！"

我狂叫我导师之名，如同泣血，我说："叫他出来！叫他滚出来见我！"

但来的是钟亮。

钟亮给我电话，说："接电话。"

"喂，"他说，"你又把我的实验室毁了。"声音中居然有笑意。

"你把他们怎么了？"我问他，"你骗我。"

他声音轻描淡写："你不知道吗，今天报道了，所有舍身兽都已死，从此他们终于摆脱生死轮回，超脱升天。"

我深呼吸，再呼吸，知道自己只是做了一颗愚蠢的棋子，"那么，小虫呢？小虫在哪里？你无权关他。"

"一样。"导师说。

钟亮递给我文件夹，年代是六年以前，我尚在大学中念动物学，遇见我挚友小虫——里面有他照片，前前后后，烦琐实验，从兽到人，他们缝合了他的舌头，给他注射激素，切除了他大脑中的某些器官，修改了他的机能，让他看起来像人一样生活，但他是兽，第一页有他一张照片，肤黑，眼蓝而漂亮，耳垂大，锯齿形——舍身兽。

他竟然是一头雄舍身兽。

轻轻，如如，周飞，小虫，我见过一面，我再也不能见，他们都是兽。

舍身兽。

舍身，成仁。

我回家，似幽灵。坐在沙发上，发呆。眼泪停也停不住。打自己耳光，没用。小虫骂我，骂得太对，我太冲动，太愚蠢，是一头猪。

舍身兽，他们不想死，他们被杀，被人类杀。

为何。但，为何。

我打电话给我导师，骂他，只能骂他："为什么，为什么你们一直杀那些兽，为什么！"

我导师笑，他说："舍身兽那么庞大，只我们，怎能杀光。他们自相残杀而已。雌兽杀雄兽，我并没有全骗你。"

"但你骗了我。"我咬字眼。

他说："你太固执，是是非非，谁比谁更聪明，谁最后赢。太聪明，太想赢，最后往往黄雀在后。"

有人按门铃。

开门，不是杀手，是快递员，“送你的书。”他说。

是一本书。从小虫的地址送来。

我飞快拆开，但什么都没有，就是一本书，整齐的铅字，连个人写的字都无。

是故事书，而且是神话故事。

上面说，上古时候，世界上本来是有神的，神创造了人，洒下泥土，就成了千千万万的人，人太多了，太愚蠢，太贪婪，开始了战争和屠杀。

人要金子，要粮食，要马匹，他们把神赶到了山顶，霸占了肥沃的平原。

人变得聪明而狡猾，有人学会了造房子，有人学会了治病，有人做出了武器，他们以为自己无所不能。除了人本身，别的都是东西，都是食物，都是敌人，都可以杀。

舍身兽，不想死，他们是被杀。本身生命力顽强，但被杀，一个接一个被杀，聪颖强壮的雄兽一出生就被割开舌头，变成哑巴，留下空会歌唱言语的雌兽，留下他们的配偶，繁衍后代。

一个接一个，他们被囚禁，他们早已经失去了原始的本能，在漫长的历史中，以为自己真的是兽，但他们的眼神空明，看着你，你就想哭泣。他们的皮肤伤痕累累，如同被犁开的田地，生长出肥沃的文明。

这是秘密。在永安，有无数这样的秘密，但只有头头们知道，我们愚蠢地活在云端大厦下，活在高层生物保护实验室下，参加学术研究会，保护珍稀动物，自娱自乐，声色犬马。

我崩溃。

吃不下东西，想到曾经亲吻过的雄兽，被割开的舌头在我口中翻动，也无法入睡，因觉得自己身体无比肮脏，流着黑色的血液。

我去看心理医生，他戴黑框眼镜，坐办公桌后，说："你要学会放松，一切都是你自己的想象。真的。"

我坐在椅子在哭泣，浑身颤抖，他优雅地拿着锉子修指甲，说："时间到了。"

有一个星期他安排我们这些严重些的人去参观精神病院，他说："你去看看那些人的生活，就会明白自己是多么好，多么幸福。"

于是我们去了。坐三个小时的大巴，出城市，到一个小镇，有河流和柳树，白色房子，我们站在二楼，偷看一楼天井里那些疯子在活着。

他们都很安详，看书，画画，或者单纯发呆，几个人小声说话，神情平和，相比之下，我们一惊一乍跑来看他们才像疯子。

我们几个在医生的带领下穿越整个疯人院——是高级疯人院，修建得如同度假村，好美丽——窗户外面是乡村的景色，云很低，天空微蓝，似神灵仁慈的眼。

我们在漫长的林荫道上离开，和几个疯子擦身而过，他们很安静，走着，看也不看我们一眼，在其中我看见了小虫，我不确定，但似乎真的是他，像我多年前看见他的时候那样，玩世不恭的表情，头发长过耳朵，英俊的男人，从我身边走过去。

真的是他。

我宁愿相信是他。我宁愿相信，他没有杀死他。我宁愿相信轻轻说，我们总有一个要活下来——总有神会活下来。

回到永安，我到海豚酒吧大吃一顿。

酒保说："小虫好久没来了，他的女朋友们都很想他。"

我大笑，我说："那她们难道不会自己找新男朋友吗？"

他也笑，他说："当然会，会更好。"

舍身兽是神兽。上古时，雄兽统领天地，雌兽繁衍后代。舍身兽造人，人勾结雌兽，屠杀雄兽，割其舌使其不语，赶其至山巅。

舍身兽生命力顽强，且族中会挑选最优秀的雄兽逃出，繁衍后代，故万年来，舍身兽杀而不绝。

关于舍身兽之灭绝，说法不一。或曰为人类所屠杀，或曰族中内讧，雌兽想灭绝雄兽取而代之，但又被人类利用。

舍身兽性忧郁，因见人间处处沧桑，故心通达，无羁。

舍身兽终亡族，因其亡，人得天地，舍身成仁，故名，舍身。

卷四

传说，
穷途兽是古代那些最绝望的
人们的子孙，
他们绝望到了极点，
走到穷途，
于是痛哭着折返，
故自称穷途兽。

穷途兽

穷途兽从东方来，来的时候，永安正发生一场前所未有的暴乱，城市被封闭戒严，士兵们实枪荷弹，在大街上行走。而穷途兽们来了，开着大卡车，车牌已经在长途跋涉中破旧不堪，以至没有人知道他们出发的城市了。他们来到永安，就没办法离开了，从此，住了下来，别人问起，他们就说，自己是穷途兽。

穷途兽性木讷，生活在永安城的西边，那里有一座永安最为臭名远扬的劳改学校，里面的学生不但杀人越货无恶不作还都是孤儿，穷途兽们就是这所学校的老师。他们来到永安没几年，老的兽还没死去，新的兽也没诞生，但他们来的时候开的那两辆卡车已经被市政府收入动物博物馆了，而人们已经完全忘记了那场暴乱。这是一群异常沉默的兽，他们的视力极差，胃口却很大，在学校里面被学生欺负是常有的事情，但他们似乎没有痛觉，因此并不挣扎，人们说，穷途兽的日子过得很苦。

政府为此开过一次会，请来了穷途兽的代表发言——人们都希望他们慷慨激昂地陈述，但他们却只是扶着自己的深度近视眼镜，一言不发，埋头喝茶，头头们被他们气得够呛，也就让他们自生自灭了。

穷途兽生得矮小，皮肤发黄，脸色发青，面容也并不漂亮，他们头发很长，而且因为营养不良又缺乏保养，显得非常蓬松，远远看上去，他们就像头发上结出的一条条丝瓜，分外可怜。他们都戴着深度近视眼镜，但看了很多书，又走了很多路，见多识广且过目不忘，讲起话来很有意思。

雄兽们脚趾间有蹼，指甲弯曲且长，雌兽们鼻子尖挺，顶端微微有一根白色的骨头顶出，太阳好的时候，会发出银色的光芒，他们眼睛细长，睫毛浓密，没有表情的时候，像在哭，除此以外，和常人无异。

穷途兽的名字，有好事者去考证，认为并不是因为他们停留在永安的原因，而是因为他们是古代某一个疯子的后代，有成语“穷途之哭”为证，但这样的市井猜测并无证据，只为流传，永远不可能上得了即使是最末流的学术刊物。

人们说到穷途兽，永远把他们和劳改犯、农民工、妓女联系在一起，作为粗鄙与下等的象征，关于他们的研究极少，只有在纯文学杂志发表小说的贫穷小说家会写到他们，但一笔带过，与其说是描写其本身，不如说是将他们作为符号象征。

他们生活的劳改学校在城西出了三环的一片与其说是开发新区不如说是农村的地方，学校外面是一条长年都没有流动的河渠，发出恶臭，附近的农民开小卖部，快要过期的饼干和方便面都能卖出，他们非常能吃，每个月的工资都用来买了这些劣质的食物。

那个地方是永安市民都不愿意去的，甚至大人吓唬小孩子都会说：“不听话，把你送到七十二中去！”——七十二中就是他们执教的劳改学校——于是，最凶悍的小孩也会被吓得哭起来。那里不通公交车，顺着唯一一条沿河的机耕道走上二十分钟，才能看见 767 路车的一个站牌，767 路半个小时来一回，而且多半不会在这个站停留，因此，看见过穷途兽的人，其实很少。

四月我在海豚酒吧中独饮，每天都会喝醉，醉了以后，我就趴在桌子上睡觉，或者冲到厕所里面安静地呕吐，整个酒吧的人都认识我，但没有人同我讲话，只有酒保敢问我："小虫去了哪里，怎么不来陪你喝酒？"

我笑，再喝酒。

报上专栏连着一个月开了天窗，关掉电话，任何人都不见，似人间蒸发。夜深到树木都隐去我才回家，一个人跌跌撞撞上电梯，有时候收到几封信，有时候什么都没，坐在窗户前面发呆一夜，天亮入睡，从不做梦。

有时候有短暂的眩晕，或者双目发黑，或者头痛，浑身出汗。有一天，在海豚酒吧，遇见一个圈中熟人，惊叹说："老天，你怎么变成这样！"但也只是说说，大家各过各的，点头之交。在永安，流亡者太多，哲学家太多，谁管得了谁，谁又记得谁。

有一天晚上，我喝下第十一杯酒，有人过来拉我的椅子坐下，他问我："你快乐吗？"

来人穿着一件长袖白衬衣，西装裤，黑皮鞋，还打着领带，像兢兢业业的保险业务员，差点以为他就要张口说"买一张快乐保险，每年交一千块，交十年，以后每次不快乐就发你十块钱——

但需要去我们公司做详细准确的情绪鉴定”。

但还好，他没说，只是问我：“你快乐吗？”

我于是抬头去看他的脸，他长着一张可怜的脸，瘦，戴厚眼镜，头发绑起来，非常长，我迷迷糊糊，问他：“你是谁？”

他说：“我是穷途兽。”

这就是我认识穷途兽的过程，大概如此，酒醒后忘了大半。

再看见他时我已经在家中，他坐在我对面，低头看一本书，我醒来，头疼欲裂，全身都空洞，我又问：“你是谁？”

他说：“我是穷途兽。”合上书，一笑，说：“你已经驯养了我。”

我当场抓狂。

穷途兽名唤钟越，神情稳重像我祖父，我和他大吵一架，要他马上滚出我的家，但他并不理睬，进厨房，端出熬好的小米粥，放下，又端出凉拌黄瓜、番茄炒蛋、鱼香茄子，看着我，说：“饿了吧？吃吧。”

半个月没怎么吃东西的我顿时崩溃在他的糖衣炮弹之下。

我在钟越对面狂吃，他依然低头看书，不时抬头看我，露出慈父般的微笑，我一边吃，一边对他嘀咕，我说：“吃了饭，你就走，我习惯一个人过，不驯养任何动物。”

他不为所动，看完一页书，然后放书签，合上，从怀中拿出一个钱夹。我看一眼，说：“你拿钱给我也无法收买我，快走吧！”再看，不对，那钱夹居然是我的。

钟越又一笑，慢吞吞地说："这是刚刚洗你衣服的时候从你口袋里发现的，你留下我，我就还给你。"

他一说，我才发现，乱得像狗窝一样的房间被整理得干净无比，玻璃透明一般，发出玫瑰芬芳，丢得到处都是的脏衣服都不见了，鞋子摆得整整齐齐。我结巴起来："这……都是你做的？"

"是，"钟越说，"从今天开始，我住在你这里，你行动自由，我给你整理家做饭洗衣。"

于是，我驯养了他，"就当免费钟点工。"心里自我安慰道。

也许是吃饱了的缘故，我居然看着对面的兽，微笑起来。

但我终于想起了什么，问他："你为什么要我驯养你？"

钟越说："你不是专写兽的故事吗？我想让你写写我们穷途兽的故事，但我不会勉强你，你有空，我就讲给你听，你不想听，我就不讲，写不写随便你。"

他穿正装，比我略矮，似古代酸秀才，一板一眼，通情达理，我点头称是——根本无法拒绝。

我问钟越："之前你是做什么的？"

"音乐老师。"他说。

"那么，你也在七十二中上课了？"

"是的。"

"那里的学生真的很恐怖吧？"

"不是的，他们都是好孩子，很乖。"钟越笑着说，无比慈爱，发出圣人般的光芒。

我感动。

钟越说："你不知道，来我们学校的孩子，进来的时候可能都不太好，但毕业的时候出去可都是正正经经做人的。当老师，有教无类，传道授业解惑，是个辛苦的工作。我们虽然是兽，却很懂得这个道理。"

何止，他们比人更懂。我想到我导师，讲台上意气风发，把黑板都快砸烂，有一个倒霉蛋小学弟举手，说："老师能不能讲慢点，我听不懂。"

他白人家一眼，说："白痴可以不用来听我的课。"

哄堂大笑，那小孩满脸通红，从此以后再也没出现过。

我为此和他吵架，我说："你太武断，太刻薄。"他说："我算什么刻薄，听不懂就不要听，难道还要我手把手喂你吃不成，你又不是婴儿。"

我再次感动。

我说："钟越，我要为你们写一个好故事。"

钟越笑，他说："故事好不好不一定，我慢慢讲，你多听些。"

"好，好。"我点头如捣蒜，完全被他征服。

驯养穷途兽一个星期以后，我面色红润，生活日渐规律，海豚酒吧也去得少，每天和他一起看书，看电视，但每天晚上做噩梦，看见年幼时候的自己在高山上爬，山都是灰尘堆的，中间都是大洞，我在旁边看得清清楚楚，山马上就塌，却说不出话，看着自己要被埋掉，急出一身冷汗。

有时候惊叫着醒来，钟越总来看我，他说："你怎么了？不要害怕，我在这里。"

他脸上有细细皱纹在，拉我的手，虽然指甲尖锐似猛兽，但却让我觉得是父亲的手。

我和他讲到小虫，讲得终于哭了起来。钟越说："没关系，没关系，会好的，一切事情都是小事情。"

他这么一说，神奇地安定人心，我看着他似看神祇，我说："好的，我信。"

我抱着他，摸到他的头发，似海藻蓬松，纠结而绵长，披在身后，好像越来越长。

驯养穷途兽一个星期以后，圈内一个评论家死了。虽然死了，去看的人却少，我去海豚酒吧——一个人，钟越忧郁地看着我走，终于说："早点回来就好。"

在酒吧，酒保无意提起，他说："这个人不来了也好，图个清净，不像小虫……"他旁边的酒保狠狠撞他一下，他立刻闭嘴。

我一笑，想到这个人，见过两次，风评很不好，吸毒，抽烟，和不同的女人睡觉，或者男人也可以，疯子一般骂人，打架，要不是顶着评论家的名头，早被拖进劳改所。

现在，死了，为民除害。

另一个酒保很年轻，他叹气，他说："不过人死了总是伤心的，这个人虽然讨厌，但最近几次来，我觉得他脾气好了很多，现在想起来，居然都是他的好。"

这孩子，我们都笑，多年轻，唇红齿白，明眸如墨。

身边另一个人，抽着烟，说：“他是告诉过我他要改了，但改什么呀，狗改不了吃屎，想戒毒戒酒戒烟，结果，死了！”

众人哄笑，说：“真不懂事，每天多抽烟，赛过活神仙！”

我被呛得咳嗽起来，突然觉得反胃，我说：“先走了。”

他们笑着送我走，我在漆黑的大街上想到那个死去的评论家，摸出烟，点上，抽一口，居然像第一次抽烟那样觉得晕起来。

找了个花坛坐下来，钟越给我打电话，他说：“你怎么还不回来？我很担心你。”

就是一瞬间而已，我说不出话，想到很小的时候，我回家晚了，母亲也会给我电话：“你快回来，我做了你爱吃的，等你回家。”

你回家吗？

我以为我无家可归。

我和钟越在阳台上晒太阳，他对我讲到穷途兽迁徙的故事，他们从东边来，他们的村庄发生了战乱，死的死，逃的逃，他们是流亡者，从兽的哀号中离开，一路走走停停，穿越了戈壁沙漠，大山河流，平原湖泊，终于来到了永安。

他说：“永安是好的城市，比别的很多城市都好，我们在这里过得很好。”

我觉得心寒，穷途兽如此爱这个城市，但城市的人却讥笑他们为下等居民，他们住在最混乱的地方，过着最清贫的生活，但他们却说“我们在这里过得好”。

我笑他，我说："怎么才叫过得好？"

钟越的厚镜片在闪光，他说："吃得饱了就过得好。"

我几乎心酸到落泪。

此时我电话响，接起来，是已经被我遗忘的导师，他连好也不问，劈头盖脸，问我："你是不是驯养了一只穷途兽？"

"你又想抢去解剖？"我心里一阵恶心，说，"没有。"

"你少骗我，快点把他送走，不要和穷途兽打交道。"

"你管我！"我突然爆发，我说，"你是贵族，是教授，不是我们这样的下等生物，你当然高高在上、沾沾自喜，你其实什么都不懂。"

说完，挂电话。

钟越问我是谁的电话。

我说是讨厌的人。

我导师，我认识他八年，倒霉八年，他自以为是、刚愎自用、阴险狡诈、自私自利，我受够他了！

永安的人说到兽，认识兽，看兽的故事，解剖兽或者研究他们，但他们没有人知道自己过怎样的生活，自己过着兽也不如的生活，在这个城市中，自杀者每天都有，意外死亡的人更多，快乐的人多，绝望的人更多，但穷途兽，他们从贫瘠遥远的地方来，在永安，和劳改学校的孩子打成一片，面容丑陋而身材矮小，被人耻笑，但他们说，过得快乐。

其余的人，你们若知，是多么可耻。

我着手写穷途兽的故事，关于他们的迁徙，开着两辆大卡车，开过尘土飞扬的土地，穷途兽吃得多——但钟越常常只吃我的剩饭，他说：“我已经给你添够多麻烦了，不好意思再多吃。”我给他买蛋糕回来，他也让我先吃，说自己不爱吃——常常都觉得饥饿。钟越说：“有一头饥饿的穷途兽活生生吃掉了他自己，在经过另一座现在早已经毁灭的城市途中，他从右手开始吃，然后是左手，突然发了狂，谁也无法阻止他，城市中的人冷漠看着他们，无人帮助。”

我问他说：“你们可恨那些人类？”

他说：“不，那是他自己的命。”

虽然如此，老天有眼，他说的城市已经在数年前毁灭，城市中突然爆发了瘟疫，无数的人比赛似的自杀，终于变成了一座空城。

我把这个消息告诉钟越，他却叹气，他说：“真可怜，那是一座很快乐的城市。”

我把这个故事写进我的小说，写那个吃掉自己的穷途兽，他经过那座城市，爱上了一个人类的姑娘，但她不给他任何食物，于是他在她面前吃掉了自己，留下自己的心脏给姑娘。

我给钟越讲这个故事，我说：“你喜欢吗？”

他笑，像一个长辈，他说：“你是小说家。”

小说家不负责任，只会编造，只会编造已经知道的剧情，对于生活的本来面目，一无所知。

我知。

很多年前，我逃开实验室，变成小说家，写了很长一段时间言情小说，我导师打电话骂我，他说："你写的什么东西，都被人写了五百次不止，我看了开头，就知道结局，真让人呕吐。"虽然如此，小说却大卖，我用得来的钱买了我的公寓，甚至到现在还吃着那些利息过日子。

后来有一天，我自己也难以忍受，于是开始写兽的故事，但兽的故事没人看，倒是我在市报上写的饮食专栏办得风风火火，责任编辑催我快去找哪里有好吃的东西，他说："你的专栏办得很好，我下个月就给你涨稿费。"

但没有人知道兽的故事，兽的故事都是悲伤的。

我过得很好。自一个人生活以后，没有这么好过。我问钟越："我写完你们的故事，你会不会走？"脸上必然都是期待。

钟越就笑，他说："我自然是会走的，你没去过七十二中，那里的孩子没有父母也没有人去爱，他们想我回去，我要回去教他们唱歌，到时候你可以来看我们，坐 767 路公交车来，我骑自行车来站上接你。我们星期一开大会有全校大合唱，很好听，周围的农民都会来看。"他说的时候，很骄傲，他把他的头发拿到胸前来玩，一直拖到小腹，我说："你的头发长了不少。"他说："是啊，在你这里，我吃得很好，所以头发长得快。"

他做饭手艺一流，连衣服也熨得不同凡响，我有些伤感，我说："你走了以后，我怎么办？"他又笑，他说："你像我小女儿。"

他的幼女死在家乡，东方遥远的小村庄，他说她非常漂亮，虽然还是小兽，但鼻尖上的骨头已经闪闪发光。然后，叹口气。

他说：“你快乐吗？”

我说：“是的。”

但噩梦不断，夜晚梦见各种各样的死法，我看见年幼时候的自己，或者把自己吊死，或者割掉自己的嘴唇。有时候又梦见我的母亲，她给我讲兽的故事，她说：“这些故事都是真的，但你听了，就忘记吧。”有时候又梦见我老师，他给我讲第二堂课，点我起来回答问题，他问的问题是我母亲讲给我听过的，于是我对答如流，他就脸上发光，当场说：“你是我教过的最聪明的学生。”转眼却看见他骂我：“你这个没出息的，你写的小说我一看就想吐。”哭哭笑笑，猛然惊醒。

我每日从未如此饱足过，钟越变着花样做出美味可口的饭菜，但却从未觉得如此饥饿，常常觉得内心空洞无比，夜里哭醒，他就来劝我，他说：“你不要担心，会过去，你会过快乐的生活。”

但我觉得恐惧，我不知什么是快乐，我已经多年不知什么是快乐。

我喝酒，但不醉，抽烟，就觉得想吐，和钟越在阳台上说话，说两句他给我吃小点心，他说：“多吃点。”他吃得多，我也就吃得多。

但觉得空洞，觉得恐惧。莫名其妙，噩梦不断。

我导师又打过一次电话给我，他说：“你是不是还养着那只穷途兽？”

我说：“我根本就没养过，你别神经质。”

我说：“你不要打扰我的生活，我过得很好，再也没有这么好过。每天都很快乐生活，已经没有不如意的地方，我变得健康了，你可不可以滚远点。”

他沉默，终于说：“是谁让你不快乐，是我吗？”

我骂他：“你明知故问。”

挂电话。

也不知道是我挂，还是他挂。

穷途兽的故事就要写完了，钟越每天做更多东西给我吃，有时候我给他梳头发，他用大齿的木梳，梳下去三千丈，一根也不断，我说：“你的头发真好。”

钟越笑了一笑，他说：“好什么好，白发三千丈，缘愁似个长。”

我说：“你不是很快乐吗？”

他说：“我快乐，但是别人不快乐呀。”

我说：“你真是悲天悯人。”

他沉默，又问我：“你快乐吗？”

“快乐啊，”我说，“真的。”

“好。”他说。

那天晚上我心血来潮，又去海豚酒吧喝酒——只是想念有些老朋友，喝多少倒无所谓。我同钟越说：“我去喝酒。”

他说：“好的，记得早点回来。”

我说："知道的，我去玩一下就回来，十二点以前。"

他伸手，摸我头发，他的指甲又尖又硬，划过我头皮，一阵发麻，我看着他文弱甚至有些迂腐的脸，寒从脚起，我母亲早就说过，兽就是兽，无论怎样，终究和人不同。

在海豚酒吧，依然想到这个意象，我想到他的手，或者说，是兽的爪，还有他脚上的蹼，我无意中见过。他抓烂过我一个沙发靠垫，当然，是无意的。

但他是我所驯养的。他是穷途兽。

模模糊糊，又听到身边的人提到死去的评论家，有一个人说："那小子谁知道是怎么死的，死之前给我打电话，高兴得很，说他驯养了一头兽。后来又哭哭啼啼，说他的兽走了。"

有人不屑，说："那小子吃多了药，是幻觉吧，他有本事带来看看，我们这里不是有专门写兽的故事的人嘛。"

于是推我，问我说："是不是有一种兽，叫作穷途兽？"

我说："是啊，我也有一只。"

说完，一惊，想，完了完了，果然不能喝酒，一喝酒，就乱说话。

"哦？"那人很惊喜，他说，"你也有？那个评论家说，他的兽叫作钟越，你的呢？"

我猛然寒毛倒竖——驯养钟越一个星期以后，评论家死了。

回家，上电梯，按门铃，手发抖，但没人。

我用钥匙开了三次，终于打开门，叫他："钟越？钟越？"

没人。

我的兽，走了。

我心中空荡荡，他来时我是一个人，他走了我也是一个人，但不对，我空荡荡，走路也能撞墙，坐在沙发上，发呆。

我一个人，傻傻笑了起来。没有预期中的悲伤或者绝望，觉得很快乐。一个人，傻笑起来。

我想到许多甜美回忆，我和小虫在海豚酒吧，两个人，喝翻一桌十五人的壮举，还有一年我们去郊外野营，他带三个女朋友争风吃醋好笑得要死，甚至想到我还是一个小女孩，我妈妈做蜂蜜蛋糕给我吃，她其实很笨，做得不好吃，但不许我说不好吃，从那时候起，我学会什么是拍马屁。后来就拍我导师马屁，他说我聪明，我就聪明给他看，次次考试都是A，本科还没毕业，就进他实验室，他带我出去开会，把我介绍给别人："这个是我得意门生。"

但猛然，觉得痛。无来由，一阵阵剧痛，把我惊醒，低头看，吓得忙把刀丢掉——不知道什么时候拿着，支离破碎，割破我手腕，血流了一会儿，又凝结。

我看了一会儿，居然依然觉得好笑，不觉得恐惧，只是觉得好笑，打电话给一个不太熟悉的朋友，说："我讲个笑话给你听。"于是笑着笑着，把这个事情给她说了，那边吓得半死，说："你怎么了，你疯了？"

我挂掉电话。

但电话又响，接起来，是我导师，他说："你快来我实验室！"

我说："我不去，我过得好得很，为什么要去你那个讨厌地方。"

他声音无比惊恐，从未如此，甚至隐隐颤抖，他说："你快来！你不想死就快来！"

我依然笑，我说："死有什么，我不怕。死也很高兴的。"

他忍无可忍，几乎女人一样尖叫起来，他说："你不许走！我让人来接你！"

我笑，我说："好呀，我想见我小师弟，你让他来。"

他说："你不要笑，你笑什么，我再也不会见你，你知道的，你不难过，不伤心吗？你不记得你怎么走了，你再也不会回来，我们再也见不到你，你不会觉得绝望吗？"

我说："不啊。为什么？我一点也不觉得。"

他在电话那头，几乎痛哭，他说："你不听我的话，你真是固执得讨厌！我知道我多恨你，我恨不得杀了你。"

我心一痛，极其微弱，我说："你说什么？"

他说："我恨你到死，恨不得你马上就死。"

我又痛一下，我说："你骗我。"

但他声音无比沉稳，他说："这是真的，我从第一眼看见你，就讨厌你，我一步步都是为了毁掉你，我真的恨你。"

我愣住，又愣，我说："我很难过。"

他说："难过也无所谓，我真的恨你。"

我疯了一样，挂掉电话。

坐了一会儿，又笑起来，于是没事人一般，进厨房，热昨天晚上剩下来的肉饺子，还有很浓的海鲜速食汤，吹着口哨唱《我是一个粉刷匠》。

我眼睁睁，看着我的手，放入烧得沸腾起来的水中，把饺子，一个一个捞出来，很烫，但无所谓，好吃，我多满足，多快乐。

醒来的时候，看见穿格子衬衣的小师弟坐在我对面。看我写的小说。

我醒来，一阵痛，双手缠满纱布。

我说："怎么了？"

他猛然抬头，看见我，神情一瞬间困惑，他说："你醒了啊。"

我说："我怎么了？"

"差点死了，"他说，"但我给你打了针、吃了药，你现在好了。"

"好了？"我发呆。

"是的。"他问我，"你快乐吗？"

"快乐？"我一笑，"不。"

他也笑了。他说："那么，好了。"

他说："导师几乎被你吓死，你驯养了一头穷途兽。"

我说："是的，你怎么知道？"

他说："导师觉得很对不起你，上次小虫的事情对你刺激太大，所以才会变成这样。"

我说："你说什么？"

他笑而不答，扬扬手中的纸说："我看了你写他们的小说。"

“哦。”我说，“不期待下文？”

但他显然毫不识相，接着说：“你这个小说写得真烂，很多地方都错了。”

我恼羞成怒，我说：“你才不懂。”

他说：“是，我不懂小说，但我懂数据，你只知道从七十二中学出去的学生都改好了但你却不知道他们都死了。自杀、车祸、医疗事故，都死了。”

我说：“你骗我。”

他说：“是真的，政府是有数据的，清楚得很，我可以给你看。”

“那么政府为什么不处理这个事情？”

他神秘一笑，他说：“这是很微妙的，绝望这种东西，人没有了会死，但城市中太多，却会发生暴乱。而你太绝望，那头兽才会找上门来。”

我愣住。他起身，走了。走之前，把小说稿件放回我枕头边，他说：“不过，那个爱情故事，倒看得我几多感动。”

我无言，果然，庸俗人人都喜欢。

我独自坐在床上，看我写的穷途兽，想到穷途兽钟越，以及更多的穷途兽，他说“我过得很好”，他说“你似我小女儿”。

我再也没见过他，再没见过任何穷途兽。

穷途兽性木讷，从东方来，食量大，以绝望为食物。他们的头发吸收绝望，便会渐渐长长，而身体随之变大，成熟。

穷途兽为游牧民族，开着大卡车，寻找绝望最多的城市，在城市中绝望最多的地方住下来，被他们吃去绝望的人类会变得快乐，但却会觉得虚空，不知道绝望，就会轻易死去。

但没有人敢杀死穷途兽，因为穷途兽一死，他吃掉的绝望就会爆发出来，于是城市中将爆发战乱，城市将毁灭。

随着年老，穷途兽的头发会不断变长，以至成为一个蛹，把他的身体包裹其中，死去。穷途兽寿命极长，几百年一死，但每死，必然爆发大战，无数城市毁灭。

传说，穷途兽是古代那些最绝望的人们的子孙，他们绝望到了极点，走到穷途，于是痛哭着折返，故自称穷途兽。

卷五

荣华兽皆为雌兽，性安，群居。善植花木，古时多为花匠园丁，尤善植奇花异草，濯然而明。花，同华，故名荣华兽。

荣华兽

荣华兽皆为雌兽，性安，群居。善植花木，古时多为花匠园丁，尤善植奇花异草，濯然而明。花，同华，故名荣华兽。

荣华兽居住在永安城东南的万古庵，后院多种花木，终年异香，大殿供荣华佛，求子求偶尤为灵验，终年香火不断。

此兽面目清秀，少言，神色多愁苦，肤白，有淡蓝色半月形斑纹，手有六指，其余与人类女子无异。斑纹色彩老而愈重，直至深蓝、沉黑，荣华兽亡。兽亡后，族人切其尸为八块，埋于土中，浇黄酒为养料，一月后长出荣华木，白而无瑕，质地坚硬，色泽似玉，再一月，木上长出四肢，再一月，木出五官，似成年人，继而木质变柔，又一月后，木根断，荣华兽出世。

幼兽不通人语，食花粉饮黄酒为食，至半岁，身形已与人类三岁小孩无异，但面目似年轻女子，言语流畅。极其聪慧。

荣华兽繁殖艰难，八个兽种中一般至多存下一二，天时地利皆不易得，再者，其苗为荣华木时，人类商人喜欢将其偷砍掉作为上好的木材，制造的精品家私小物件，可卖出天价。

永安市终止暴乱、建立新政权后，政府下了五道禁令，严厉打击，但因利润巨大，砍伐荣华木之风气依然如故。

荣华兽安和温顺，永安城中女子走投无路便去万古庵居住，帮庵中养育花木，或照顾兽苗、小兽，双方和乐融融，各取所需。

荣华兽喜食蜂蜜、黄酒、鸡蛋、花菜，不食荤腥。是天生的修行者。

三月的一天，钟亮登门拜访我，抱一箱方便面。笑嘻嘻，放地上，说："师姐，这是礼物。"

我斜眼看，气不打一处来，我说："钟亮你小小年纪倒已经学会谋杀长辈，这么一堆防腐剂是要填入哪个木乃伊肚子？"

钟亮依然笑嘻嘻，他说："好吧，好师姐我错了，你爱吃什么，我给你重新买。"

"算了，"我说，"你找我有事吧？"

他挠挠头，吐个舌头，说："师姐真是聪明，下个星期我舅舅家聚会，想请你去。"

我坐他对面，莫名其妙："你们家庭聚会叫我去干什么，你追我当你女朋友吗？"

钟亮一脸踩到炸弹的表情让我大为受伤，他说"我怎么敢"，潜台词是"你这个老女人！"。

他说："我舅舅喜欢看你的小说，听说我认识你，想见见你。"

原来是读者见面会。"不去。"我照例拒绝。

谁知道我小师弟果然奸猾，把一张俊脸凑我面前，说："可能老师也会去的。你去不去？"

"我去。"我脱口而出。

他奸计得逞，我原形毕露恼羞成怒，二话不说，推他出门。

钟亮在门缝里对我叫："下个星期五下午六点我来接你！"

等到下个星期五的时候，我已经差不多完全忘记了这件事情，穿一件大几号的衬衣在家中蓬头垢面吃冰激凌看电视，钟亮来敲门，我们看见对方，都被吓出一身冷汗。

好小子，一身中山装，腰板挺直，表情严肃，害我以为去参加葬礼。

我们同时说："你为什么穿成这样？"

我顿时想起聚会的事情，连声道歉冲进房间，五分钟后再冲出来，衬衣下面穿了一条裤子，头发扎起来，算是梳妆完毕。我说："走吧。"

钟亮眼神古怪，打量我三秒钟，脸上抽搐，终于说："好。"

半小时后，钟亮开菲亚特汽车驶入城中富豪区，我才隐约觉得不妙，等到我们穿过宽大庭院进入他舅舅家的时候，我终于发现我上当了。

城中名珠宝商人钟仁就坐在我对面和我握手，指甲修剪整洁，手掌稳重有力，他说："你好。"

我傻笑，干笑，应道："你好。"心里面把钟亮翻来覆去骂了几千次——骗我说是聚会，根本是一对一单挑。

我如咸鱼在砧板，任凭我读者钟仁先生观摩，钟亮坐窗户旁边看一本厚书，我们坐在中厅，面对面，像美苏谈判。

钟仁说：“我爱看你的小说。”

“谢谢。”我只能重复已经在人生中重复了一千次的台词。

他说：“你写的那些兽的故事我都在看，你写得真，兽比人更像人，人比兽还不如兽。”

我喝口茶，继续干笑，说：“其实也不是那么偏激。”

然后，冷场。

对面的男人看起来似我大哥般慈祥，面容同钟亮有几分相似，但却在神情中透露出一种少年人才有的不安，他直盯盯看着我，从额头看到下巴又看上去。

我被他看得差点浑身起疹子，终于问他说：“钟先生，我还有事……”

他一惊，似从梦中惊醒，开口说：“我们结婚吧！”

情真意切，我一口被呛到，钟亮手中的书砰然落地。死小孩，敢偷听！我第一时间，居然想到。

要躲人其实很容易，但是要躲开一个热情过度、莫名执着的有钱人实在是颇有难度。我抱头鼠窜一星期，连海豚酒吧如此鱼龙混杂之地，都能让钟仁痴心款款突然出现在我对面：“你听我说好不好？”我绝望过度，真心希望手中不是啤酒，而是鹤顶红。

打电话骂钟亮，浑身抖如冬鼠：“你害我，你害我，我变鬼也不放过你！”

钟亮也哭笑不得，他说：“师姐，我这个舅舅一直都比较怪，可是没想到会怪到这种程度，居然看上你这样的女人……”

我尖叫一声，愤然挂电话，深呼吸：小人小人，不要和小朋友生气，他不懂欣赏……

黑暗中，等电话，等那个人给我打电话，有钟亮小喇叭在，他没道理不知道我的处境，但，一片沉寂，整夜整夜的黑沉沉压我脑门。

我终于忍不住，拿起电话，打过去。

他接电话："喂。"声音漫不经心。

我想说话，但终于丧失勇气，挂掉，装作什么都不曾发生，哭了起来。

我的母亲曾经说：你如果伤心，就一定不要哭，因为你一哭，伤心就发芽长大。

终于，拿起电话，再打。

接电话是陈年。我"喂"一声她就知道我是谁。

她说："你怎么了，不开心？"

我说："是，我想来住一段时间。"

陈年说："你来。"

"我母亲说：'如果不是走投无路，就不要去找陈年。我已经给她添了很多麻烦。'"

陈年说："哪里，我想念你母亲，虽然她死去已有十年。"

她坐在我旁边，喝茶，头发蓬松刚刚洗过，在阳光下发出美丽光芒，空气中是让人心安的味道，那时候我还年幼，同母亲一直住在这里，闭着眼睛也能辨出：炉中的沉烟，后院的花草，虫卵，鸟粪，还有陈年身上的潮湿木香。

她依然面容愁苦，已经老了，跟我上次见她时候相比，身上的斑纹成了深蓝色，那上面皮肤看起来薄而透亮，似乎中间空无一物，她轻轻把手放在我手上，说："你放心在这里住下，住你母亲以前住过的房间可好？"

我点头，说："好。"深呼吸，心神安宁，反握她的手，她的六根手指冰凉。

她是荣华兽，此处是万古庵，我心终得安慰。

带我入后院香客房的兽尚且年幼，脖子形状优美，淡蓝色斑纹像蝴蝶般潜伏在皮肤下面。"你可以叫我朱槐。"她微笑。应该是十岁左右的年纪，虽然看起来已经有人类女子二十岁的样子，声音显得清脆，我之前从未见过她。

她有些害羞，道了别说晚饭时叫我，很快离开了。

房间一切没变，只是角落多了一台电视机，巨大的吊扇坠在半空中。

我坐在沙发上，看窗户外面的风景，荣华兽的后院永远欣欣向荣，我说不出名字的花朵开出匪夷所思的色彩，我认得只有最远处的榆叶梅，重重叠叠地开，淡粉、雪白，我母亲说："我喜欢这花，胜过喜欢天美百货二楼的真丝裙子。"

我微笑。

那一晚陈年炖豆腐汤给我喝，散发着异香，非常入味，我们吃着米饭，大厅中日光灯稳定而明亮，有壁挂等离子电视播放《新闻联播》，陈年指左边的一群兽给我看，她说她们是在你走了以后才出生的。我扭头去看，只见朱槐对我微笑。她长得很秀气，眼睛是我所熟悉的媚气和湿润。陈年说：“你见过朱槐了吗？”

我说：“是的。”

她说：“她喜欢你。”

我点头笑，我说：“我也喜欢她。”

大厅的另一头，一群人类女子围坐在一张圆桌旁，她们的面前摆着几个肉菜，埋着头，看起来比面容悲戚的兽们更加悲痛，头发染成千奇百怪的颜色，突然一个女人丢掉筷子，埋着头，痛哭起来。

陈年摇头，她说：“年代变了，现在的人都喜欢大哭。”

《新闻联播》是地方台转播的，结束以后，屏幕上突然闪出钟仁的脸，叫我的名字，他说：“你去哪里了，我找不到你，你快出来吧，我有话对你说。”

陈年看着我，狡猾一笑。

我胃口全无。

但那一夜我依然睡得香甜，梦见我母亲，她其实还年轻，但头发全白了，坐在窗户旁边，听吱吱呀呀的广播，跟着唱歌。

隐隐约约，我听见她的歌声，后来变成了痛苦的呻吟，似蚂蚁咬噬心脏，一声声，传入我耳中。

我醒来，日上三竿，但满头大汗。

我推门出去就看见了荣华兽们，一色白衣，立在开得妩媚的榆叶梅下，低着头，口中似乎念念有词。

站在队伍最后的是年幼的兽，手拉着手，似乎在颤抖，最旁边一个是朱槐，她很快回头看我，眼中有泪，不知为何，极像我的母亲。

吃中饭时候，我问陈年是什么事情。陈年说，有一根荣华木被砍走了。

一月份死去的那头老兽所种下的八个苗，死掉五个，长出三块，被砍走了一块。

朱槐带我去看那两头还没成形状的兽，孤零零长在榆叶梅下，我们只能远远看见她们，洁白的身体上面隐有五官和一些淡的几乎看不见的青斑。

四肢已经长出，肥硕粗短，像小婴孩。

“真漂亮。”我感叹。

朱槐转头看我，她的脸上有一块横过左脸的半月形斑纹，看起来有些吓人，神情悲苦，她说：“不是的。”

不是的。但再无后话。她是兽。喉咙中发出嘶吼。

在万古庵的荣华兽分成两组，年老一些的去前堂管理大殿，年幼的在后院种植花木。我同朱槐一起照顾榆叶梅。朱槐说：“我们每一头兽都有自己要照顾的木，这榆叶梅就是我的。”她神情中带着爱怜，虽然还是一头小兽，但分明有母亲的光芒，给花朵浇水、施肥、剪去错枝。她摸着树皮让我看，她说：“你看这个树，在我四岁的时候曾经长了虫子，留下了这些疤痕，多可怜。”

我说：“你被骂了吧，明明是荣华兽，却连树都照顾不好。”

她一笑，她说：“不是的，虽然是荣华兽，但树木会长虫，会腐烂，会死去，是自然规律，今生如此，只求来生落下好种子。”

我拍拍她头，我说：“你还小，怎么说话这么老气。”

过去我母亲也这么对我说，“你还小，别这么老气横秋。”

她让我去拜荣华佛，那时候我还小。抬头看，就见白玉雕成的佛，是一棵还未成形的荣华木，雪白无瑕。

母亲说，或许是为了怀念那些被偷砍出庵然后死去的荣华兽们吧。夭折而亡的兽。

我同朱槐扫了院子，她就拉着我去看电视，她说她最近喜欢的一个连续剧，恰恰是以前我和小虫嘲笑过要吐满整个游泳池的一部，我陪她看，耐着性子，等着出现更多的丰胸购物广告拯救我的视觉。

广告一弹，出来的却是钟仁，胡子拉碴，神色憔悴，他在电视上说：“你去哪里了，你快回来，我有很多事情要告诉你，请你和我结婚吧。”

朱槐以为是下一部连续剧预告，满心期待，我差点吐血而亡。这个男人，也做得生意，赚得银子，怎么如此木头脑袋。他满世界寻我，但我想要来寻我的那人，不动声色，风平浪静。

我叹气。

终于耐不住，偷偷开了手机，差点没被接踵而至的消息声音搞得耳鸣。一条一条都是钟仁发过来的，内容也差不多，我只恨不能再删快一点。

还有一些是钟亮发过来，他说："师姐你好本事，躲到哪里去了，快出来吧，我们家都被舅舅拆掉了。"

正一边看一边想，活该。电话居然响起来。是一个陌生的号码。

我迟疑，终于接起来。

喂一声，那边没有声音。再"喂"一声。

电话已断。

是他。他知道我没事，一定恨恨挂掉电话，诅咒我祖宗十八代。我笑。

骂，骂，他骂我，还骂得少？实验做错一点就可骂得我痛苦到三天吃不下饭，作业不够完美也骂，考试做错题也骂，退学的时候狠狠看我的眼神真恨不得挖我心出来。

一边想，一边笑，一边摇头。

陈年约我去喝下午茶，翻母亲同她的照片给我看，那时候她还是一个少女，看起来和我一般年纪，荣华兽寿命如此短暂，如同草木，一岁已枯荣。

她笑得脸上本身的忧伤荡然无存，两个人手拉手，站在后院花园中。

她毕竟老了，皮肤都发皱，走路的时候，听得到骨头的响声。抬头能看见皮肤碎片在下落，那些斑纹已经变得深黑，像一个个黑洞，黑得吓人，黑得不见底。

她去拿她的宝贝给我看，神情痛苦，像绝症晚期病人。

她拿一个本子，装帧高贵，打开，都是白色家私的照片。

全是被杀死的荣华兽所做，刚刚长出四肢的质地坚硬，去做桌子，微微有些五官的质地已经变软，可做椅子，坐上去如同沙发柔软。做成柜子的，被修成薄片，更有雕花，精美绝伦。重点是颜色，一色雪白，从没见过的白，无瑕。

陈年说："美吗？"

"嗯。"我真心点头。荣华兽如此美，以至死无全尸。

但陈年只是一页页翻过照片，眼中甚至有赞赏的目光：真漂亮。

有桌椅，有柜子，有雕塑，有木门，千奇百怪，特别有长出面目的，似活物，明眸半睁，眼波流转。从古老的样式到很现代的流畅线条，陈年说："被砍的兽，都在这里了。"

合上，似百科全书，厚厚一本。放到桌上，发出微响。

喝一口茶，陈年说："我看过你写的兽的故事，以后有机会了，也写荣华兽。"

我百感交集，喉咙竟哽咽，说："好。"

晚上吃饭，猛埋着头，因怕看见对面墙壁那个新闻后的寻人公告，但却没有了。陈年看着我笑，我松了口气，老天爷，我终于逃出生天。

朱槐看见我的神情，探头过来问我："你怎么了？"

陈年说："她在高兴，终于可以离开这个鬼地方啦。出去泡酒吧，开派对。"

朱槐愣愣看我，问："你要走了吗？"神情悲伤，突然"哇"的一声，哭了出来。

陈年忙拉小兽入怀中哄，看着我，皱眉头说："人类女子住久了，连我们的孩子都学会了大哭，一点没教养。"

我汗颜，干笑。

陈年拍着朱槐说："不怪你舍不得她，当年你还是一棵兽苗时，是她母亲照顾的你。"说罢，摸朱槐的脸，喃喃说："你看，你看她看得久了，都长得同她相似。那一年她照顾你们好用心，可惜，只活下来你一个。"

我怔住，看眼前的小兽，她也那样看着我，泪光隐隐，一双眼睛，分明就是我母亲。

我突然一阵冷汗爬上脊椎。

那一晚我失眠，趴在窗户上，隐约可见院中花木深影，更远处，城市灯光如探照灯般照得天空五光十色。我只清清楚楚看见那些榆叶梅，长在种兽苗的田地边，是我母亲那一年手植的，那时候她和陈年一起种下这树木，陈年说："我会帮你照顾好。"

她在庵中辞世，榆叶梅亭亭如盖。

恍惚中，听见哭声，痛苦的嘶吼，如受伤的野兽。

一声惨叫。

我一惊，回过神，手心全是汗，再一声。

并非幻觉，那些惨叫，呻吟，真真切切，密密麻麻，如同唱的佛经，无处不在。

最响一声，自陈年房间传来。

我光脚跳下床，去看，陈年房间外，层层叠叠跪了好几层荣华兽，着白衣，皮肤上的蓝色斑纹似乎发亮，透过衣服也能看见。我听见陈年的声音，嘶哑了，痛苦着，在一声声呻吟。

我从兽中走过去，她们似乎没有发现我，跪着，浑身发抖，发出痛苦的悲鸣。

陈年将死，我看一眼，就知。

她躺在床上，眼睛凹陷，眼神空洞，只会一声一声乱叫。她全身斑纹已经发黑，黑得发亮，皮肤透明而见底，已经破裂。

从破裂的黑色皮肤中，爬出来的，是一条条肥大的白色虫，有拇指大小，雪白无瑕，在她身体上缓慢爬行。

她身边站着几只兽，按着她挣扎的身体，泪如雨下。

我愣住，转身跑入院中，蹲下，大声呕吐。

第二天早上我离开万古庵，朱槐送我出门，她脸色有些苍白，走在我后面，像什么也没发生。我们沉默，她带我出后院，走大堂，然后，出庵。

她迟疑着，伸手拉我，终于说："陈年昨天死了。"

我说："我知道。"她的手冰凉，有六根手指，手腕处的蓝斑痕好像深了一些。

我触电般缩回手。跨出门，和一个虔诚的香客擦身而过。回头去看，荣华佛洁白无瑕，似参天巨木。

朱槐苦笑，她说："再见。"

打车回家，阳光灿烂，春天正浓，以为噩梦终醒。

谁知，好个钟亮，似便衣蹲在我家门口，姿势猥琐如外地人贩子，黑眼圈赛熊猫，抽烟，满地烟头。我见他似见鬼，转身就跑，谁知他动作更快，冲过来，两三下把我制服。

我惨叫，我说："钟亮你放我一条生路，我要回家睡觉，你舅舅发完了疯你不能接着发啊！"

钟亮说："我舅舅死了。"

他的声音在我耳边，嘴巴呼出来的热气吹在我冰凉的脸上。

我被他拖去参加珠宝商钟仁的葬礼，不愧名门望族，灵堂摆得像大雄宝殿，来往的人络绎不绝。我如脱水芹菜，面色灰黄，被他拉到钟仁的黑白大照片前。抬头看照片，钟仁像任何一个成功人士一样，神情豪爽，指点江山，一张脸孔，有些书生般的俊朗，我埋头给他鞠躬，深深，三下。

钟仁的大姐接见了我，神情倨傲如女皇，她说："你就是我弟弟苦追了很久的那个女孩？"挑剔地里三层外三层看我，我坦坦荡荡，随她去看。

她突然叹气，说："可惜他终生未娶……"

我头皮发麻，以为他们要我同他阴婚，还好她只是说："我弟弟有东西留给你，你让钟亮带你去拿吧。"现代社会真好，我庆幸。

钟亮带我去取钟仁留给我的遗物，我再三推脱，说我同他非亲非故、无功不受禄、拿人手软吃人嘴短……但钟亮眼神阴沉，让我顿时学会沉默。

我们进了钟仁的家，因为要卖房子，家具大都搬出，比我初次去的时候看起来更加空旷。钟亮让我在客厅小坐，进屋，然后搬一箱子出来，说："走吧。"

箱子是一个二十九英寸彩电箱，但我绝不会天真地以为钟仁真的留给我一台彩电，于是期期艾艾，问钟亮："是什么啊？"心中感叹，真是世风日下，我做错了什么，不久以前，此少年笑容如花，一口一个"师姐"叫我，而现在，脸板得像僵尸，他说："椅子。"

椅子。

还算他够绅士，没让我一个人搬箱子回家，但一进门就消失，如躲瘟疫。

我叹气，终于坐在我舒服的沙发上，第一个动作是进厨房开冰箱拿冰激凌出来吃。真好，还未过保质期。

一边吃，一边看那个箱子，我甚至懒得去拆开，那个古怪到让我逃之夭夭的男人钟仁，居然送我一把椅子？我宁愿他像他侄儿那样，送我一箱方便面！

但，椅子？

我突然停住动作，放下我深爱的冰激凌，见鬼一样看着那个箱子，四四方方，落下沉稳的黑色阴影，透视完美。

椅子？

我站起来，去拿剪刀剪透明胶，浑身发抖，椅子……

一把雪白的椅子。

造型典雅，是十年前流行过的样式，雪白无瑕，质地微软，我再蠢也知道价值连城。椅子背上有精美雕花，正中的雪白木板上隐隐有一个女人的脸，眼帘半开，说不出的诡异，和我像是双胞胎。

我看着她，她似乎知道，张开眼睛，看着我，嫣然一笑。

我惊叫一声，坐到了地上。

我喝一升热牛奶，舌头失去知觉，终于幻觉消失，心神稳定，细细去看，这是一头荣华兽，而且，毫无疑问，是我母亲曾经照顾过的那八个之一，陈年说，她照顾她们用心，她们都和她长得像，但只留下了朱槐。

她夭折，变成了一把椅子，质地温润，线条圆滑，细细密密，都是钟仁抚摸过的痕迹。他得到这把椅子已经有十年，第一眼看见，就喜欢她。每日在宽大房间中，他抚摸她，对她讲话，甚至，爱上了她。

我闭着眼睛，摸兽僵死的脸，上面似乎还有他掌心的余温。

钟仁说："嫁给我好不好？"我如惊弓之鸟，他死去，我终于泪盈于睫。

我母亲死去多年，但在永安城，没有地狱，任何亡灵都在土地上漂浮。

我应该相信，陈年的亡灵，终于在榆叶梅下遇着我的母亲，而钟仁的亡灵，也期期然，拉住那头兽的手，六个手指，洁白如玉，寒冷如冰，他用嘴巴哈气给她温暖。

城市的夜如同白昼，微光照入，那张椅子美丽绝伦。

我眼泪落下，发出清脆声响。

打电话给我老师，他接起来，说："喂。"

我说："我回来了。"

他说："身体好吗？"

我说："很好。"

他沉默，我们两个固执又渺小，僵持。

我说："我很挂念你。"

他显然被吓到，过了许久，说："嗯。我也是。"

我坐下来写荣华兽的故事，主角是兽的口吻，她说："我还未出生，就死去，被硬生生砍成碎片，拼成一张椅。我撕心裂肺。有一天，一个男人买走了我，一掷千金，只为我。他放我在床边，舍不得坐，看着我，每天和我说话，抚摸我的脸，亲吻我，我的心亦柔软。"

公园里也有榆叶梅，但终于谢了，天气很热，海豚酒吧中的姑娘越穿越少，一夜情越来越多。

我发表荣华兽的故事，缠绵悱恻的爱情，小女孩被哄得哭，去万古庵中膜拜。

我则微笑，众人皆醉，过眼云烟。

世事变迁，浮云淡。一日钟亮终于来海豚酒吧找我。

他说："师姐，我懂得了，各人有各人的命，我不应该怪你。"

我请他喝酒，他酒量很好，又是一个明日混混的可造之材。只恐我师找我拼命，我暗笑。

酒酣，我打车送他回家，他抱着我脖子，不肯放手。终于把他推进车，他还探出头来叫我，足足一个大孩子。他说："师姐，你别怪我，我舅舅死得太恐怖，舌头被不知道什么东西生生咬断，我才……"

话未尽，我酒已醒，站在大街上，差点被后面来的人，撞倒。

我回家，借着酒劲，拆掉了那把椅子，取下靠板，在那张人脸上拦腰一砍，果然，木中，白里透红，鲜活活，一条人舌。我想把舌头取出来，但终于未遂，它陷得那么深，就像本来就长在木中，从来未曾分开。

这兽的嫉妒，我全明白，她以为他爱上别人，于是，同归于尽，生生咬掉他吻她的舌。那日，她见我，却终于微笑。原来，不是幻觉。

又过两天，我收到包裹，寄的人是万古庵的朱槐，附言说："陈年让我把这个留给你。"打开，雕刻精美，一个木枕，曲线圆滑，通体冰凉，而略柔软，雪白，极品。枕中，隐隐一张女人脸，陌生的，不知道是哪一个照料过那些兽苗的苦命人类女子，眼睛半开，看着我，分明却是陈年。

我呆呆抱枕头在膝盖上，那张脸突然对我一笑——笑，而不言。

荣华兽通体雪白，木质坚而带柔，是木中极品。但极难取得，幼苗时大多被虫蛀，成为病体，病体不能用，于是任其生长成病兽，全身蓝虫斑，夜夜啃噬兽体，至斑黑，病兽则亡。

病兽亡，虫出，族中烤其尸，分为头、胸、腹、四肢、心，八块，埋于土中，以求复生。

一旦长出没有被虫蛀的兽，众兽欣喜若狂，砍下制为家什，此为荣华兽真身，万古千年不灭。荣华兽终得福音，虽不能言，但心中安宁。

而被虫蛀的不幸幼兽，无法得成正果，只能长成病兽，吃斋念佛，向荣华佛祈祷，望早日脱离苦海，见木则羡，爱木成痴。

荣华兽性安，不喜动，如荒草，岁岁枯枯荣荣，反复轮回，凤凰涅槃，得正果者，少之又少。

但荣华兽安和度之，因众生皆如此，又何独怜荣华兽。

千里兽之绝久矣。
相传，
千里兽能见千里外之事，
也能见千年后之事，
故名千里。

千里兽

千里兽之绝久矣。相传，千里兽能见千里外之事，也能见千年后之事，故名千里。而千里兽因之起祸，被它族所屠。

兽族未有器物或文卷传世，只《永安夜话记》中隐有记载：身姿瘦且挺拔，发黑而长，目细唇白，瞳为赭石色，肤偏红，腹凸出，脚踵处有利骨刺出，脖子略长。此外与常人无异。

上个月，千里兽的遗迹被考古学家蔡冲发现了。

在吃早饭的时候从报纸上看到一堆兽骨实在不是什么愉快的事情，害得我差点将口中牛奶喷出。细细阅读，千载难逢，原来是千里兽群的骸骨，其颈椎偏长，脚踵处有小刺骨，身形瘦长，与书中记载无异。另一张图片中，考古学家蔡冲占据大半画面，戴一顶鸭舌帽，怀抱一幼兽头骨，似秋收农夫，面上洋溢喜悦笑容。文字内容有千里兽的习性、千里兽灭绝之谜、千里兽的求偶方式，甚至还有某房产商将在附近修建名宅千里华庭的报道，洋洋洒洒，占足两个版面。

没时间一一细看，我编辑就打电话找我说：“下期故事写千里兽怎样，这可是最近大热话题。”我正要抗议，他又说：“我给你两倍稿费。”于是我二话不说答应下来，并赞赏他：“人生得一知己足矣！”他冷笑，念给我一串电话号码，说：“这是蔡冲的手机，你打去问消息，我们和他联系过，你可去看发掘现场。”

我挂电话，趁还记得快速拨过十一个数字，电话响，通了：“喂？”接电话的是一年轻男子的迷人声线，我不自觉清清嗓子，说：“请问是蔡冲吗？”

那边说：“我是他的助手，蔡老师今天上午出差去了。”

我赶到发掘现场时，外面到处扯着凶杀案中才能见到的小黄条，蔡冲的助手江炭带着我从缝隙中钻进去。他身材不高，面容精致若女孩，让我不敢多看他一眼。他一边走，一边说：“蔡老师一生辛苦，终于苦尽甘来了。”说者声情并茂，听者毛骨悚然，随口敷衍着东张西望。

因为兽们的房屋都是混凝土制造，因此保存得相当好，发掘现场的坑深如一个个小地基，有的房屋甚至还有顶，坑旁边有一个陈列台，上面百货商场般陈列着电视机、收音机、座钟、微波炉等五花八门的器物，除了样式老一点别无破绽。再走两步，是一张大床，上面放着一头兽的骸骨，已经拼出了一半，从身形看，是一头雄兽。

江炭在他面前停住，深情地看着他，对我说：“他死的时候还不到三十岁，本来还可以多活些时候。”“这遗迹有多少年历史？”我随口问。

“六十八年！”江炭神情骄傲地说，“无疑是目前永安历史久远的遗迹之一。”

“哦。”我目瞪口呆，只得频频点头表示着我对这一陌生行业的崇敬。“发掘的时候，有没有什么有趣的故事啊？”我问。

江炭迟疑了一瞬，伸手摸了摸兽的绵长的颈椎，说：“还没什么新鲜的发现。”

他一脸愁容。“心情不好吗？”于是我随口问他。

他黯然说：“蔡老师出差去那么远，不知道什么时候才回来。”

在他又要哭之前，我及时走过去拍拍他的肩膀，我说：“没什么，他就会回来了，改天有空了，我们去喝酒？”

“好！”他开心地说。欺骗头脑简单的人类只是帮助他们完成存在的目的，我自我安慰。

虽然没有明确的调查研究表明单纯的人就一定酒量很好，但江炭却终于让我知道他活到这么大没被骗死不单单是好运气而已。三天后的晚上，在海豚酒吧，我喝得几乎坐不住冲到厕所中呕吐两次，他却一杯连一杯下肚，脸色也未变，我无比绝望，只求走人，但他似刚出壳的小鸭子认我做母亲，拉着我说：“陪我再喝一点，再喝一点。”

酒保望着我慈祥地笑，说：“是啊，再喝一点吧，我给你打八折。”眼中分明写着：你也有今天！我几乎虚脱，拉着江炭涕泪齐下：“江炭我求求你，你放过我吧，别装蒜了，快告诉我你知道千里兽什么，千里兽有什么秘密，他们知道什么，我分你一半稿费，求求你了，告诉我吧！”

江炭喝一口酒，抬头看我，眼神清明若婴孩，答："不知道。"

我差点从椅子上掉下去。胃中一阵翻腾，一口吐了出来。

自母亲去世之后，我未曾生出如此绝望的心情，二话不说拿出电话，准备叫人接我回家，手机却在我手中震动起来——我愣了两秒钟以确定那不是我幻觉，接起来，是钟亮。

钟亮说："好师姐我可找到你了，有件事你一定要帮我！"我不等他说完，如见再生父母，惨叫道："钟亮，快来海豚酒吧救我！"

等钟亮来的时候我已经在桌子上昏睡不醒，旁边江炭滔滔不绝讲述他十年辛酸恋爱史催我入眠，钟亮过来拍我的脸："师姐！师姐！"

他说我醒来抱着他一阵痛哭，求他带我去看我老师，我不信。

钟亮说："由不得你不信，连那个一直讲话的娘娘腔也被你吓住了，简直哭得山崩地裂。"

我羞愤难当，骂他："小孩子说话没大没小，你以为他是普通的娘娘腔！他可是发掘千里兽遗迹的人！"

钟亮眼神都变了，不愧老师得意门生，小狗一般一脸献媚爬过来问我："好师姐，你问出什么来没有？"

"没有，"我说，"他什么都不肯说。"

钟亮叹气，他说："师姐，你老了，若是你还年轻貌美……"

我一本书丢给他："是！你年轻貌美，秀色可餐，保准他口若悬河，全盘托出！"

钟亮顺水推舟，脸色也未变，说："那么好，我打电话问他。"

说完，问号码，给江炭打电话，打过去，占线，再打，已关机。

我斜眼看他，幸灾乐祸，趁机教育他说：“你只知道你是老狐狸教出的小狐狸，却不知道还有狐狸大仙。”

闻言，钟亮“啊”一声，脸色一白，抓着我说：“师姐，求你个事，给我买樱桃吧！”

我二十四小时之内，第二次，差点从椅子上掉下去。

钟亮如小白菜诉苦滔滔不绝，他说：“师姐你不知道，导师昨天早上突然发了疯，非要我去找你买樱桃给他吃，不然就挂掉我所有专业课！”

等我理清楚这成分复杂的句子已经是三秒钟后，我神情抽搐，骂他说：“你们都疯了吗？秋天了，哪里去找樱桃！”

谁知道钟亮果然有小聪明在，笑嘻嘻，摸出欢乐超市打折促销单，指给我看：“四季牌樱桃罐头，买二送一！”

我拗不过钟亮，同他去欢乐超市买樱桃。超市中人潮如织，接踵摩肩，钟亮早不知钻到哪里快活，我低头诅咒，忍着宿醉的不适，寻找传说中的樱桃罐头。突然，我脚后跟一痛，转头，居然看见江炭就在身后，手握一袋冷冻猪大肠，在蔬菜架上找着什么。我大喝一声“江炭！”，抓住他。

江炭吓了一跳，猪大肠砰然落地，转头看我，神情呆滞，然后终于笑了一笑，说：“你好。你在买什么？”

“樱桃。”我羞耻地回答。

“樱桃……”江炭喃喃说，脸上显露出迷人而忧伤的神情，连我这个女人都要心动，但我以万恶小说家本性，强作镇定，问他说：“你今天什么时候去发掘现场？”

“六点。”江炭一脸索然无味地回答。

“那么晚才去？”我白眼。

“早了也挖不出什么新鲜东西。好好吃一顿再去。”他说。

“想起什么有趣的事情要打电话给我哦。”我犹不死心，做垂死挣扎。

“好的。”他随口答道，神游两万里，拿过一截南瓜，捡起冷冻猪大肠，走了。走两步，又想起什么，回头说：“樱桃罐头在你左手边第二个柜台里。”

我顺着他的话去找，果真见四季牌樱桃罐头占领大半个食品柜，如同电视广告摄影棚。拿过一罐，付帐，看见小男孩钟亮终于出现在我身前两个人处，推一大车零食让我以为他要去逃荒，把樱桃罐头丢进他购物车，算是完成任务。

谁知钟亮不依不饶，他嬉皮笑脸地说：“师姐，你再给老师打个电话，说是你买了罐头，不然他还是要骂我。”

送佛上西天，我有气无力拨通我老师电话，响一声，他就接起来，问我说：“你买樱桃了吗？”

“买了。”我简直哭笑不得。

“就这样？”他声音中带着明显的不满。

“是啊。”我百无聊赖，答。

“明天再买。”他居然说。

我怀疑我听错，问他说："你说什么？"

"明天再买樱桃。"他坚定地说。

"买你个头！"我彻底愤怒了，摔电话，不顾钟亮凄唤，扬长而去。

苍天！我虽然上无老下无小但好歹也需一日三餐、衣裙书碟古玩字画若干，当我闲得没事干吗？！

想着给江炭打电话，心想这次一哭二闹三上吊，一定要让他明天带我去现场，找出一打蛛丝马迹捕风捉影，写动情小说一篇赚尽眼泪与金钱——但电话关机，这个人！

当天晚上在电视上我倒是看见了江炭，市台给千里兽发掘做了一个专题节目，江炭出镜，俊美如董贤，他带镜头去看一头幼兽，兽骨扭曲成一团，上面依稀有衣物在。江炭说："这头幼兽是今天下午才发现的，保存得很好，而且是自杀而亡。"

记者问："为什么会自杀呢？"

江炭一笑，笑而倾城，半永安市的人屏住呼吸，听得这小不正经说："可能是个天才儿童，少年忧郁。"我几乎要砸电视。

但就这样，半夜居然被我硬生生想出小说一篇，说是千里兽能知千年事，故而一出生就知自己命运，因此，一批年幼的千里兽集体自杀，以至灭绝，中途穿插两头千里兽忘年恋故事。报纸小说家切记：爱情故事不可少。当然漏洞百出，但写小说不求甚解，我安慰自己。

第二天匆匆交稿，由于爱情故事写得尽落俗套因而煽情动人，顺利过关。我编辑赞我："你写那头成年兽爱上小兽的时候真是感情细腻，最后小兽自杀，雄兽绝食而亡，催人泪下。"

我笑。挂电话，抱自己身体在阳台上晒秋天里气数将尽的太阳，想到我师若看见这篇狗屎小说，定会心痛数日，于是痛快淋漓，一再微笑。

初见他时，我是一个桀骜孤僻的少女，不同陌生人说话，只固执考入动物学，要学兽的知识。头日上课，他穿黑毛衣，吃口香糖，高鼻梁架黑框眼镜，走上讲台，看台下半晌，说："把你们以前知道的都忘了，我是来拯救你们的。"

众人哄笑，我也忍不住笑出声。之后他点名，第三个点到我，连叫三次，因嫌我答应声太小，我站起来摔门就走，他大怒，骂我："你有种就不要回来！"

我没种，我回去了，因我一定要学动物学，而他是最好的动物学家，国际闻名，镇校之宝。

后来一次，我们吵架，甚至大打出手，他忍无可忍，抓着我，问我："你要怎样才学会听话？！"我说："不可能！"他惨叫一声，松开我，坐回板凳，骂我："你是从什么地方冒出来克我的？你是怎么生出来的？"

我站定，终于慢慢走过去，坐在他面前，看着他哭。

他伸出手摸我脸上的眼泪，满脸懊恼，他说："对不起，别哭，别哭，我知道，我都知道。"

我怔怔看着他，他的眼角有皱纹，轮廓很深，嘴唇薄而倔强，眼中有血丝，看着我，说："别哭。"

那是我最后一次见他。

他来见我。公寓保安阿飞说：“有一个中年男人来找过你，你出去了，留了这个东西给你。”阿飞递给我那信封，上面分明是我师的字迹，里面是新出的报纸，上面有我千里兽故事一篇，旁边依然是房产广告：住千里华庭，赏千年胜景。我那好编辑，真狡猾，拿我小说帮人打软广告，也不知道多少广告费。题目旁边，批作业似的批着他四个大字：狗屁不通！我冷笑出声，又看见下面也是真真切切两个钢笔字：樱桃。

我莫名其妙，想吃樱桃想疯了不成？记忆中，除了土豆泥和兽，也未见得他对什么东西有如此狂热的兴趣。撇了撇嘴，终究没有随手扔掉，谢过阿飞，上楼，回家。

我去过千里兽发掘现场，没有看见江炭，出差的考古学家蔡冲也未曾归来，只有新挖出单开门电冰箱一台，还未打开，工人们敲敲打打，弄掉上面的铁锈。

我打开冰箱，拿出一盒牛奶，瘫在沙发上，有一口没一口喝下去，若我师知道我又去考古现场肯定感动莫名，会夸我：“你还有救，还有救。”

正想着，催命电话又响，接起来，是钟亮，他说：“师姐，你那千里兽的故事写得真烂。”

我无力，念他：“不会吧，你也为这种无聊的事情来找我？你们的新课题被冻结资金了吗？”

钟亮洋洋得意，他说：“才不会，我们马上就开发新课题啦！

你知道导师最近见过谁？！说出来你也不相信，是蔡冲！我们肯定会研究千里兽的，虽然他还没通知我们，但我敢肯定！”

我脑袋中轰然巨响，问他说：“是那个考古学的蔡冲？”

“是啊。”钟亮说。

“什么时候见过的？”我问。

“两个多星期前吧。”我屈指一算，那时候千里兽发掘的消息尚未发布，老狐狸！老狐狸！

“那你上次怎么没告诉我？！”我怒道。

“最近才知道那人是蔡冲，”钟亮无辜地说，“不是不爱看报纸嘛。”

我无语，深感与穴居人沟通之困难。

挂掉钟亮的电话，我握着电话木头人般发呆，不敢打给我师，眼皮跳得几乎要脱离整个面部皮肤。我不知道他要干什么，但他什么都会干。大二那年，他设计使一无辜青年锒铛入狱，之后装好人救他出来以获得一种兽的独家资料，为此我第一次同他吵架，差点烧掉他实验室，那少年在狱中几乎神经崩溃，出狱后自杀，把所有家当——当然包括兽的资料——留给他的“恩公”我师。我骂他不是好人，他却神情漠然，说什么“适者生存，是他太脆弱，怪我干什么，这样的公子哥今天不死明天也死了”。

我忍无可忍，抓住文件要撕，他夺过来打我一耳光，骂我说：“你疯了！你这个疯女人！这些东西多珍贵你知道吗？！”

我一头栽在地上，他慌了，过来看我想抱我起来，不想我目射精光，反手响当当还了他一个耳光，不过瘾，趁他发呆，再一个耳光。

他愣住，然后哈哈大笑，抱着我，笑得咳嗽起来，他说："我拿你没办法，你真是克我的！"

我也笑，之后，再也没有为这样的事情争吵。

我的母亲对我说："你知道同情是没有用的，他们死的时候你去可怜他们，但是你死的时候他们看也不看你一眼，只能活下去，活下去的，就是对的，人和兽，都是一样。"

但我不敢打电话。

等了两个小时，电话终于响了，接起来，是阿飞，他说："那个送你信的先生在楼下说要找你，要他上来吗？"

我深呼吸，"把电话拿给他。"我说。

"喂。"他说，声音中有焦急，前所未见。

"怎么了？"我笑他，"山陵崩也不见你改色，莫不是天地将合？"

他笑了，说，"我想见你。"

"不。"我说。

"要。"他固执，前所未见。

"不。"我笑着说。

"好吧。"他黯然，挂掉了电话。

我彻底愣住，忙想打回去，忙音。这个人怎么电话都不挂好！

忙穿着拖鞋摔门出去，想了想，又回去匆忙拿梳子，在电梯中梳头发，一路十七楼下去，走到大堂，见阿飞在门口看报纸百无聊赖，我问他："刚刚那个人呢？"

"走了。"阿飞说，继续看报纸。我忍住想打死他的冲动，推开大门跑到大街上，日光如此明亮，秋天过去，冬天就要来到，街道是宽阔而灰白的，哪里有半个我认识的人。

这就是我居住的城市永安，高楼大厦，华丽街道，新兴的工业城市，居住着流浪者和亡命徒，考古发掘的遗迹不过六十多年，人都是陌生的人，兽也不是熟悉的兽，我只认识的那个人是那么远，我的母亲说："你要记得我们的日子，记得我爱过你的日子，我们就永别了。"

在这个城市，每天有513起交通事故，328起民工跳楼，78起食物中毒，52起强奸案，更多数不清楚的自杀和自杀未遂，没有被新闻报道的故事我们永远都不会知道，我们知道的故事永远都和我们无关。

是夜，我居然又梦见我的大学生涯，但是是个黑色幽默，我师莫名其妙要我去买全城所有的樱桃罐头，买不到，当掉我专业课，永不超生，我似《摩登时代》中卓别林，面无表情，搜集全城樱桃罐头，买二送一，买一送一，买一不送，高价珍藏，统统纳入囊中，边买边骂我老师："死男人，让我生活费用光，我饿不死也穷死！"

猛然被电话惊醒，我居然做如此噩梦，一身冷汗，惨笑，接下来，是穴居人钟亮，阳光男孩今日声音低沉，俨然遭遇人生第一个挫折，我幸灾乐祸，问他："小师弟，怎么了，暗恋上哪个小女孩，还是专业课被当了？"

穴居人说：“你看今天的报纸了吗？”

“呀，”我惊叹，“你也要看报纸吗？”

“去看。”他说。声音威严有我师风范，果然近墨者黑，我无奈，冲下楼去买报纸，千里兽遗迹发掘顺利，市领导发表精神文明建设重要讲话，永安市徽设计方案确定，某明星将要举办天王级演唱会，大学收费将实行各校自主……我两眼一抹黑，打电话问钟亮：“你要我看什么啊？”

“第十三版。”钟亮说。

“第十三版……女歌星成名前暴露照曝光……哪里？”我问他。

“右边，一句话新闻，第三排。”钟亮脱口而出。

“……市立大学生物系教授XXX昨日下午丧身车祸，业内人士称，将在全城范围内掀起动物学著作热卖……”

“看见了吗？”钟亮问。

“看见了吗？”

“喂？”

我的编辑喜气洋洋打电话来通知我，我的书本月大卖，登上多年未曾“光顾”的畅销书排行榜，“最近兽的话题热了嘛！接二连三的新闻！”

“发红包吗？”我问他。

“发、发，”他忙表现着他的仁慈，“下本的稿子什么时候到位？”

“很快，但是我要提高版税。”我说。

“好、好，”他忙答应，“此一时……”

我挂掉电话，抬头看钟亮带着两个黑眼圈坐在我对面，看着我，问我：“你吃饭吗？”

“不。”我说。

“我饿了。”他要赖。

“那你去吃，”我淡然，“我要写小说。”

“不行，你必须陪我去吃，你是我师姐，你要照顾我才行！”钟亮不依，贴上来，甜言蜜语，俊脸逼人。

“我们下楼去吃炸酱面。”钟亮说要吃海鲜火锅，我拒绝。我们楼下的面远近闻名，肉色饱满，酱汁浓香，我拌面时就听得身边呼呼巨响，回头去看，钟亮已连汤都喝干净，我笑死，骂他说：“你饿死鬼投胎吗？”自己吃一口，但，不行，马上呕出，排山倒海。

钟亮跳起来，连连惊叹，忙给我倒水漱口擦嘴，拎着我上楼去，似拖弱智儿童。电梯中我问他：“钟亮，你怎么……”

钟亮白我：“那当然，世界上突然多了两个弱智，上帝会崩溃的。”好小子，连语气都似那老狐狸。

沉默了一会儿，他说：“我还是想做千里兽的课题。”

说完，有些不安，看我一眼，我也看我自己，电梯中银光闪闪，面无表情，眼青脸黄，若我师看见，定然损我至吐血。

我说：“做吧，我们去找江炭。”

我相信，这一次，他什么也做不了了。

但江炭何许人也，一脸天真的老人精，千里兽挖掘现场门可罗雀，人去楼空，打手机，不通。

但我师弟钟亮何许人也，豪门出生，名师高徒，很快他找到江炭地址，拖我出门。

江炭住在城南的一座垃圾公司家属院，离千里兽挖掘现场不远，很容易找到。住七楼，通排的筒子楼，敲门，开门是一中年妇人，眉宇间同江炭相似，问我们："你们找谁？"

钟亮说："江先生在吗？"

女人看我们半天，终于说："不在。"

"那么他什么时候回来呢？"钟亮毫不气馁，守株待兔。

"他不住在这里了。"女人说。

"那他住哪里呢？我们找他有急事。"钟亮摆出迷人笑容，可惜对老女人无效。

女人只是看着我们，显然不打算说什么。

钟亮无奈，给她名片一张，说："他有什么消息，就打电话找我，我是他的崇拜者。市立大学的学生。"好家伙，拍马屁面不改色。

我们走出来，天气越发冷了，我说："去喝酒。"

"能说不吗？"钟亮可怜地问。

"不。"我说。

如果我说在海豚酒吧中见到江炭，似乎有些夸张，但我真的见到了他。他坐在角落里，一杯接一杯，喝着酒，居然有些醉了。

我咂舌，问酒保："他喝了多少了？"

酒保一脸看见鬼的表情，埋头不想回答。

但钟亮可不管这么多，他扑过去坐在江炭对面，问他说："你记得我吗？"

"你是谁？"江炭说。

"钟亮。"

"不认识你。"江炭说。

"没关系，"钟亮发挥公关小天王的天赋，笑露白牙，给他斟酒，说，"我认识你就好了。你最近挖出什么新东西了吗？"

"不挖了。"他说。

"为什么？"

江炭第一次如好宝宝，有问必答："蔡老师走了。"

"什么时候回来？"我不死心。

"不回来了。"他说。大口喝完一杯酒，又倒满。他看着我说："我见过你，记得你，你瘦了，怎么了？"

"我老师死了。"我说。

"我也是。"他说。

我们震惊。"怎么没看见报纸上说？"钟亮迷信地问。

"这是秘密。他去找千里兽了。我知道他会死。我知道。"他喃喃说，"你知道什么是命运吗？命运就是九点钟，八点一过，就是九点钟，怎么走，多慢，还是会走到九点钟。"

"你知道？"钟亮说，"难道你杀了他？"

"不是！"江炭有些激动，"我想救他！我为了要救他甚至设计杀了无辜的人，我以为是他的错，但他死了，他依然要死……”

“你怎么能让他死的？”我手心冰凉，问他。钟亮双目圆睁，我握住他的手。

“我告诉他，他最珍爱的人会死，但不能告诉那姑娘她会死，只有不被命运发现，才能改变它……”江炭猛地站起来，发狂似的叫出了声，“我骗了他！我骗了他！但我骗不过命运！”

我冲过去拉住他，浑身发抖，但是，我问他：“他怎么会信你，他精明过神仙，他怎么会信你？！”

江炭回头看我，他迷人的脸痛苦地扭曲着，眼中隐有琥珀色光芒，他突然诡异一笑，附在我耳边，低声说：“你不明白吗？他珍爱她，而且，我是杂种。”

“我是杂种。”他说，看着我。我浑身一颤，他则甩掉我的手，飞快跑走了。

我坐倒在地上，钟亮起来扶我，被我的脸吓了一大跳，“师姐，”他哀嚎，“你终于哭了，我实在很高兴，可是你为什么要流鼻涕啊！”

我抱着他号啕大哭，这次我清楚地记得我对他说让他带我去见我的老师，我说：“钟亮，我要见他一面，我明白他为什么要吃樱桃了，我错了，是我错了！”

以前我十八岁生日，他送手表给我，漂亮的限量版，银色的表面，我大骂他：“笨蛋，你居然送钟给我，你不知道钟就是终吗！”

他惊叹无比，敲我脑袋，说：“你怎么这么多奇怪的想法啊。”

我明明应该知道的，樱桃就是应逃。

“应逃。”他最后在报纸上写。

但这是一个骗局，他聪明一世，逃不掉的人是他，他早说过：“你就是来克我的。”

三天以后，钟亮来我家找我，我坐在一桌饭菜前，等他。

钟亮惊叹：“我让永安饭店的大师傅给你做的外卖你居然还没吃，你居然忍得住！”

他坐在我对面，托着下巴，看着我，突然叫我：“喂！”

我猛然一惊，抬头看见他，问他：“怎么？”

他迟疑了一下，说：“告诉你你也不吃惊了，江炭死了，自杀，他妈给我打了电话。”

“要去看看吗？”

话没说完，我拖他出门。

“我儿子死了。他说太累了。”妇人说。

垃圾公司的家属院干净得出奇，筒子楼里好像什么也没有。她拿着照片，给我看，她说：“你看，他爸很早就成了傻子，死得也早，现在他也死了。”

钟亮去看那张照片，瞳孔放大，拉我过去说：“你看！”

我看见那张照片，年代久远，黑白照片，我已经看不出来那只雄兽的皮肤颜色了，更不要说瞳孔，但他身姿瘦且挺拔，发黑而长，目细唇白，且，有一条长得奇异、长得忧伤的脖子。照片中的女人很美，简直是女版的江炭，而真正的江炭在他们膝盖下面，还很年幼，但冷冷地看着镜头，眼神空明而忧郁，似将作古的老翁。

“千里兽。”钟亮哑着嗓子，说。

“我知。”一瞬间我感到脚踵瞬间刺痛，“他说‘我是杂种’。”

妇人拿回照片，抱在怀里，问钟亮说：“你喜欢我儿子什么？他有过许多男朋友，但就数蔡先生他最喜欢，为了他，甚至帮他去找我夫家的旧宅，告诉他我夫家的去向，可惜，还是死了，都死了……”

钟亮傻笑，他说：“他长得漂亮，又很聪明。”

“是的。”他母亲说，“他非常漂亮，但是太聪明，什么事情，他都知道，知道了，却改变不了，今天要做什么，明天要做什么，清清楚楚，似行尸走肉，不可逆转。我丈夫幸福得多，他是个傻子，什么都不懂……”

“你知道他上学的时候，次次都考一百分……”她完全没有看我们。

钟亮不忍，拿了些钱给她，拉着我走了出来，空气干燥寒冷，他握了握我的手，突然笑了。我说：“你笑什么？”

“怪不得他，”钟亮说，“我们的命，他做的，只是被安排的事情。”

我也笑，谁知。

“你要记得我们在一起的日子，我爱你的日子，然后，就是永别。”我母亲告诉我的话，就是这样的。

千里兽知千里千年事，而世事如故，只能顺其道而行之，不足为外人道。其幼兽出，便知天下千里万古事，但兽不能言，亦不能行，至于长成，则渐忘却，未及弱冠，已与常人无异，过而立，则日渐痴呆，生活不便，再过十余二十年，兽无为而亡，故千里兽性达而痴，或云空有千里之名。

但千里兽终为名累，故谎称亡族，匿居于地下十米处，修房屋，建庭院，目赭，能视物，腹鼓，能呼吸。逢众老兽亡，千里兽徙，愈远，今已至永安千里之外。

曾有人兽杂交，产子似母，身短，除脚踵倒刺外，别无他异。但杂交兽知天命，纵年长而不忘，行尸走肉，尽见人事沧桑，茕茕孑立，终于自绝。

智乎千里兽，愚乎千里兽，众生莫辨。

但愿人长久，千里共婵娟。

卷七

二十多年前，
永安大学生物系宣布培养出
一种新兽，
此兽性温存，
心玲珑，喜食馒头、银耳、
叉烧肉，可人为饲养，
名唤痴心兽。

痴心兽

痴心兽是唯一一种人造兽。二十多年前，永安大学生物系宣布培养出一种新兽，此兽性温存，心玲珑，喜食馒头、银耳、叉烧肉，可人为饲养，名唤痴心兽。

那场新闻发布会的盛况在每一年永安新年晚会中都有回放：全世界的记者都来到永安，闪光灯几乎把屋顶掀翻，刚刚上任的年轻市长和更加年轻的发明者一同公布了兽的录像，幼兽面容不清，脸似蛋壳，只有眼睛鼻子的缝隙可见。牙牙学语，皮肤粉白，头发乌黑，是一头雌兽，惹人喜爱。工作人员饲喂她叉烧肉、橙汁和土豆泥若干，风卷残云，吃得畅快。两个月以后的录像，兽面容已经长成，眼睛大而且黑，鼻子挺拔，足似人类小孩。

举座皆惊。年轻教授一举成名，成为永安大学动物学系掌门人。

他就是我的老师。

二十多年后，在永安最大的天美百货七楼可以买到痴心兽，售价八万八千八，绝不打折，普通市民固然不敢问津，但有钱的痴心汉岂在少数。幼兽都泡在福尔马林中，浑身光滑无瑕，雌雄任你挑选。面容全无。

根据顾客所要求的模样，工作人员会为你配置详细食谱，第一日三克沙丁鱼长挺拔型鼻子，可爱型则需要炖豆腐三十克，用叉烧肉者长美目，叉烧包则长单眼皮，第二日……林林总总，似电脑拼图，每一种食物、每一种分量作用各不相同，一共喂养三个月，兽长成，有人类小孩五岁大小，语言智力发育飞快，陪伴你的幼儿度过本应孤独的童年。痴心兽有极高的道德感染力和智能开发力，拥有痴心兽的孩子都能成为栋梁之材。用户使用痴心兽五年后公司将负责回收，不为你增添家庭负担。养兽期间每年赠送儿童四季装四套、三个月份量的兽罐头，兽回收后送礼品罐头健康食品一套、影楼全家福一套、超值电脑光碟一套，圣诞期间，又加优惠，可得乖宝宝沐浴用品一套，更有全家南洋游抽奖机会。

我姐姐在电话中，中风般对我念上面的广告词。我耳朵都被她伟大母爱所发出超声波弄坏，问她："你要买吗？可不便宜啊。"

我姐说："路佳就要上小学了，投资虽然大，但是值得啊，这是多么关键的五年！"

此人早已被商业社会洗脑，我无奈至极，只得说："广告说的，你能信吗？"

我姐不服气，骂我："你姐姐我岂是盲从之辈，铁打的统计数据啊，用过痴心兽的小孩都非富即贵。"

我无言，的确，她说的我都知道，饲养过痴心兽的孩子大都成为了永安的政府要员、商业大鳄、文化名人，最差也是高级白领，百分比高达百分之八十五点七。

但，我垂死挣扎：“还有百分之十四点三呢。”

电话中的女人狂怒：“我的女儿像那么没出息的人吗？！”

“是是是，”我踩到母老虎尾巴，点头如捣蒜，“可怜姐夫的血汗钱。”

“你都决定了，还问我干什么？”我有气无力，问。

“当然是要你星期天陪路佳去选了，你好歹学过两年动物学，再说，发明的人，好像是你们系的老师吧？你认识他吧？”姐姐问。

“是。”我说，“认识。”

“关系好吗？”她连声追问，然后又哀号连连，“可惜前段时间他死了，不然托他找个关系说不定能打个折……”

“专利早送给政府了，和他无关。”我冷静地说。

我姐又发出一串毫无意义的语气词，然后说：“那么，这个星期天，上午九点半，天美门口见。”

阳光灿烂的星期天，小路佳更加灿烂的笑容迅速抚平了我姐那件紫红色金丝绣花外套给我造成的心灵创伤，她一把扑过来抱住我，叫：“小姨！”

无怪人人养小猫，养小狗，养小孩，真是甜蜜无比。

我骨头也酥了，抱起她用力亲她小脸。路佳忽然抓住我的脑袋，左看右看，说：“咦？小姨，你怎么瘦了？没好好吃饭。”

一句话，我几乎泪下，做牛做马也愿意。

我们上到天美百货七楼，痴心兽专柜装饰得如同科学怪人实验室——这帮商业蛀虫要是真的看见我师那间被我破坏过无数次的破烂实验室，肯定吐血。我们帮小路佳挑选了一只雌兽，其实也无从挑选，一排兽都是一个样子，光头无目，似鸡蛋，眼睛鼻子各两个点，嘴巴一条线，漂浮在罐子里，更像某种食物。

我姐咬牙，刷卡，签名时双手颤抖，面无人色，终于抱出一个罐头。小路佳有些恐惧地看着那个小兽，问我："小姨，她是活的吗？"

"还没有呢，"我说，"等一下把她抱出来打一针，她就活了。"

"哦……"路佳贴过去看，瞳孔收缩，神情专注。罐中似另一个宇宙，一切都静止，什么都还未发生，多么蒙昧。

服务小姐拿文件夹让我姐填详细用户资料，笑靥如花，问路佳："小朋友，你想她长成什么样子啊？"

小路佳这才抬起头，看我们三个，说："要像小姨！"

老天爷，就这一句，我姐脸色黑透，杀我一千次也不够。

我如缩头乌龟负心汉，问路佳："像妈妈不好吗？"

"不，"小丫头无比坚定，"就像小姨！"

"路佳……"我还想争辩。

我姐掐我，笑着说："好好好，像小姨就要像小姨。"

小姐带我入内室照相，闪光灯强烈，咔嚓，咔嚓，咔嚓，正侧背三张，真正人犯照。

小姐把照片输入电脑，不一会儿，吐出食谱一摞，她熟练地装订成册，交给我姐，说："务必按照上面的说明喂，如果有差池就送回来修正。”

我姐接过，另一工作人员抱出已经打了针的小兽，穿着人类婴孩的衣服，在襁褓中，胸口起伏，脸上有两个点在呼吸。小路佳抢过来抱，说：“来、来，这是我的宝宝。”

我姐见爱女如此，终得欣慰，停止给我白眼。

我们在楼下告别，途中小兽被取了名字叫佳佳，小路佳抱着她，对我说：“小姨，下个星期天要来看我和佳佳哦！”

——我没有帮上忙，反而惹姐姐不快，噤若寒蝉，偷看我姐脸色，她终于说：“过来吧。”

我差点没跪下，连忙说：“奴才遵命！”

然后道别。

圣诞快到，满大街张灯结彩，凄凉的人更加凄凉。我本来要独自回家，半途终于改道，去了海豚酒吧。穴居人钟亮端坐吧台边，大口喝酒，看见我，如路佳般扑上来，大叫：“师姐，我恋爱了！”

我稳住他，坐下来，忍笑，百忙间还向酒保要了一罐啤酒，然后问他：“对方是谁？”

“梦中女郎！”此人居然十足文艺腔，回答。

我差点掐死他。

看见整个酒吧中包括酒保在内的所有人同情而抽搐的表情，我终于明白我不是今天晚上的第一个受害者，只见钟亮相扑般扭住我，祥林嫂架势，对我讲述他坠入爱河的过程。

“……我最近每天都梦见她……每天醒来都好幸福……啊！你别不理我啊，真的，我见过她，我发誓，我以前一定见过她……可是不知道为什么，忘记了……她肯定还在某个地方，说不定就在永安……”

我诅咒我自己，好死不死有家不回跑到这里来受罪，一边如安抚小狗般敷衍他：“乖，她可是你们家亲戚？”

“不是，我对我爸妈描述过了，他们都说我们家没这个人。”钟亮沮丧地说。

“那你怎么办？”我随口问。

“我要找到她！”他握住我的手，好似和他坠入爱河的不幸女人是我，信誓旦旦，“我有预感，她一定还在永安城，我要找到她，不然，我睡不着！”

“好啊。找。”我抽回手，喝一口酒，说。

“好师姐！”钟亮一惊一乍，差点跳到我身上，“那你陪我一起去吧！”

“什么？”我转头，看见整个酒吧里面的人都心照不宣地看着我，眼睛里面只有三个字：你活该！

奢望活力小超人钟亮在一夜之间忘记昨天的事情，根本是我痴人说梦，按照他的说法，他又梦见了那个姑娘，他说：“我们在一起吃饭，很开心，她夹萝卜给我吃，说多吃萝卜才会眼睛明亮，好温柔……”话没说完，眼睛里面闪出无数小星星。

我不忍卒睹，蒙上脑袋继续装睡，他却跳过来掀我被子，大叫："师姐，起床啦，陪我出去找人！"

"啊！"我惨叫一声，诅咒我师无数次：你死就死了，还留这么个神经失常的遗腹子给我！终于认命起床，刷牙洗脸，被钟亮拽着出门，寻找他梦中情人的身影去也。

星期一的大街有些冷清，钟亮拉着我一路狂走。我忍不住问他："我们要去哪里？"

"公安局。"钟亮说。

"难道你打算翻找永安所有人的档案？"我无言。

"有钱能使鬼推磨。"如钟亮等含金汤匙出生的少爷注定和我有不同的世界观。公安局副局长早已在门口恭候大驾，迎接我们进去，端茶送水，一口一句"令尊好吗"，状似催眠，好不容易啰唆完毕，带我们去拼照片。

我在走廊等钟亮，如被扫黄的落魄妓女，戴着厚棉帽，依然很冷，于是一根接一根抽烟。打火机油快用完了，按几次才点着，我的手有些哆嗦。抽掉五根烟，钟亮出来了，献宝似的给我看拼出来的照片："看！师姐，就是她！"他神秘兮兮，又难掩兴奋，说。

我一看，照片上的女人美丽出尘，虽然只是机械的拼接，但依然气质出众，一对楚楚水眸涟涟，叫人销魂。

我愣了一会，然后笑了，对钟亮说："我认识她。"

"你认识她？"钟亮看我眼神都变了，差点冲过来咬我一口。"她是谁？"

我拉他脑袋过来，附在他耳边，说："我家有她的照片，你跟我回去，我拿给你看。”

钟亮一惊，看我的眼睛，似被催眠，乖乖说：“好的。”

我们告别热情过度的副局长，回家去，一路上钟亮一言不发，用力捏着那张拼接的照片，埋头走路，头上居然有汗珠。

我有些不忍，但终于什么都没说，到了家，我让他坐下，给他泡茶，然后慢条斯理地在他绝望而期待的眼神下从书房拿出一本书。

他迫不及待，打开，里面夹着半页旧报纸，一条巨大的新闻占去大半：著名影星林宝自杀！！！三个感叹号。然后是照片，照片中女人虽然老一些，但的确是他梦中女郎的样子。

我看钟亮呆若木鸡的傻样，终于忍不住，哈哈大笑：“钟亮啊钟亮，你还真是早熟，林宝死那年你才十一二岁吧！不知道从什么地方看见了她的照片，居然这么多年了，还能梦见，哈哈，你太可爱了！……”笑半晌，钟亮依然一动不动，皱着眉毛，看那张报纸，于是我走过去拍他一下：“喂，别发呆了，我不会说出去的，你太可爱了，哈哈哈……”

“不对！”钟亮终于回魂，对我说，“不对，我梦中的那个女孩还很小，七八岁的样子，我画的那个照片，是想象她长大了的样子，不可能是这个女人，不然，我小时候她都这么大了，我喜欢老太婆吗？！”

理直气壮，说完，居然赏我一白眼。

我气结，恨他狡辩，骂他：“你恋童癖！”

他不以为然：“现在这女孩子不是和我差不多大吗，怎么恋童了？”

我瞪他半天，怒极反笑，拉他起来，说：“好、好、好，你自己去找，自己去找，不陪你了！”

然后推他出门，耳根清净。

神经病，死脑筋，足似我师。

撵他出门，我坐下来，喝咖啡，看那张旧报纸，左边的豆腐块中，有一条短新闻：万古庵昨日一间厢房失火，火势得到了及时控制，但房中死去一名女子，警方表示，这名女子是因病自然死亡，与火灾无关。因政府处理有方，万古庵并无其他损失，今日依旧香火旺盛。

我读了一次，放下报纸，失笑，从古到今，我至亲之人的死去，都只配上些豆腐块罢了。反观林宝，轰轰烈烈一生，笑靥如花，花凋似雪。

但我母亲说：“活着是一时，死了是一世，怎么活，怎么死，都是自己的事。”

我不知道她如何死，她说：“不关你的事。”

闭着眼睛，很冷，我狠狠喝咖啡，但不管用，睡意绵绵涌上来，迷迷糊糊看见我师，他摸摸我的头，说：“你真可爱，我一看见你，就会开心。”

想笑，他何时对我如此慈祥，但笑不出来，终于睡去。

星期天还没到，我姐给我打电话，声音都有些激动变形了：“我中了！”

“中什么？”我一头雾水。

“中奖啊！”我姐以少有的耐心给我谆谆教诲，“全家南洋四日游，我们中了！”

“啊！”我这才想起痴心兽抽奖的事情，“真的中了？”我问。

“废话！”我姐姐说，“个人所得税都交了，还能有假？我们全家明天就去南洋，把佳佳留给你照顾。你晚上过来一趟吧，我警告你，佳佳现在是我们全家的宝贝，你可得按照食谱上喂啊，弄错了回来我砍死你！”

我早被她炸晕了，好不容易分出句子主干，哀号：“难道没别人拜托吗？！”

“你不是学动物学的吗？！”我姐一句话给我堵回去，容不得商量。

“我又没学宠物喂养学。”我嘀咕，但毫无作用，皇后已挂掉电话。

晚上我见了那小兽，一个星期不见，已长出眉目，眼睛可以睁开一半，鼻子有些微微凸出，耳朵也长出白木耳般的一小块，包在襁褓中，大了不少，我小心翼翼接过，似珍宝，小路佳拉着我的手，双眼含泪，说：“小姨，你要帮我照顾好佳佳啊。”

“好、好，”我说，“四天很快的啊。”头都被念掉，一家三口大小啰唆终于放我回家。

不敢走路，打车回家，车上我端详怀中小兽，心中一阵发毛，难道她真的会长成我的样子？我逗她拇指，细长且柔嫩，她牙牙对我笑，真和人类小孩别无他样。

我突然一个激灵，忙打电话给钟亮："钟亮你在哪里？我知道那个女孩是谁了！"

钟亮冷笑，"我信你才怪！"

我着急，冲口说："真的，她不是人！"

钟亮骂了一句脏话，就要挂电话，我连忙说："真的真的，她是痴心兽！"

"痴心兽？"他终于没挂。

"是啊，"我说，"你知道那个吧，肯定是你小时候养的痴心兽。"

钟亮一阵沉默，就在我以为他死了的时候他终于发出了声音，他说："师姐你在哪里？我来找你！"

在我家中，钟亮似看熊猫般看那头小兽，迟疑地用手去逗弄她的脸，我说："拜托！好歹也是老师的实验室出来的，别土成外星人，丢人现眼！"

钟亮说："哪里，我们不研究痴心兽的。导师不让。"

我顿时感到我和他深刻的代沟，问他："那么你了解多少？"

"就和普通人一样多。"他无辜地说。

他太过谦虚了，根本是一无所知才对，我充当劳工，对他讲述痴心兽的种种，他居然一脸惊讶："他们可以想长成什么样就什么样吗？"

我无力，说："是啊！每年过年都放你没看过吗？！"

他再次感到无辜："我们家都在国外过年。"

我深呼吸，直接告诉他结论："你说的那个梦中情人就是你小时候养的痴心兽，肯定是看多了电视，居然让它长成林宝的样子。"

"不可能啊！"钟亮说，"我爸妈怎么不知道，肯定是我小时候见过的漂亮小姑娘才对，是个人才对，现在还在某个地方等我去找她才对！"

我懒得和他胡搅蛮缠，再次推他出门，说："你自己回去和你爸妈沟通。"

送他走，我按照食谱喂小兽牛奶二十克、虾仁五克、芒果十克——专业天平一一量过，似科学家。小兽在我怀中玩了一会儿，然后睡着了，我放她在床上，去客厅看今天的报纸。

导师死后，我爱上看报纸，每天买来全市各种大小报纸，事无巨细，连征婚广告都看过，然后就觉得自己似诸葛亮，不出茅庐而知天下事。

今天的报纸大规模报道了一场在热带地区爆发的暴乱，声称或许是天气太热导致，人人都红着眼睛上街游行，群殴，洗劫无辜的店铺，本城著名评论家高高坐起事不关己，以"兽性的复活"为主题，写出涉及哲学人类学社会学的冗长评论一篇，洋洋洒洒，引用比正文多。我叹气，我知道就是这样，写在报纸上的事情，永远和我无关。所有的故事，都是别人的传奇。对于我们自己来说，生活没有惊喜，只有惊讶。

母亲死后，三姨从报纸上看到消息，来万古庵找我，看见我，惊叹："你越长和你妈妈越像！真是一模一样！"她接我回家，我一路哭。在她家中我第一次看见我姐，比我长一岁，念初三，扎两个小辫，穿红裙子，玩电脑游戏不写作业，三姨说："快来看，是你妹妹。"

我姐姐看我一眼，说："她看起来像是我姐姐。"

我失笑，她从小这样，直脾气，没口德。三姨抱着我哭："多亏看了报纸，不然真不知道你妈妈去世，前年去万古庵看过她一次，不是还好好的吗，虽然她是我们家的养女，但我和她从小就感情最好……"

我姐一把拉我出来，骂她妈："你别啰唆了，妹妹累了，你让她休息休息，讲什么陈年旧事。"

我三姨也不生气，连声说是，我黯然，毕竟还小，羡慕姐姐有这样的家。

但粗枝大叶如我姐，怎么知我内心千回百转，抓我去和她玩电脑，问我："你喜欢玩什么游戏？"

一起念书，嬉皮笑脸让我帮她写作业，说："妹妹是天才少女，居然已经念高二，来帮姐姐做作业。"

我握着报纸，神游万里，都是陈年往事，异端邪说。

三姨在我考上大学那年去世，临走，抓着我，说："我也算对得起你妈！"大笑而去。

永安的夜绝不安静，有人在放烟花，毕竟快到圣诞夜。这个城市永远都是寒冷的，离开的旅客，都会去温暖的地方。

又过一天，天还没亮，钟亮登门拜访，送我一筐苹果，"圣诞快乐。”他说。

我披头散发，睡意不断，狐疑地看着他：“我才不相信你这么早来，是为了跟我说圣诞快乐。”我说。

钟亮傻笑两声，说：“师姐果然聪明。”嘴上客气，大脚却早已经踩入我家，鞋也不脱，一屁股坐下，说：“我们去找痴心兽制造公司。”

“怎么？相信我了？”我冷笑。

他说：“我昨天回去问了我爸妈……”

“他们想起来了？”

“没有，还是不承认，但是神情很不自然，我想，他们一定是有什么事情瞒着我。所以我想去痴心兽公司看看。”

“然后呢？”我半躺在沙发上，昏昏欲睡。

“你陪我去！”他一把拉我起来，既不怜香惜玉，也不尊老爱老。

圣诞节，我错觉全城人都喜气洋洋，钟亮自己开车，车上听广播电台，新闻说：莫名的暴怒是一种难以控制的情绪，随着最近在热带地区爆发的暴乱流传开来——在当地，已经有十三个市政府被暴民攻占，攻占后，暴民坐在大堂中歇斯底里地大哭——专家研究指出：吃生蒜有利于控制这样的暴怒。

钟亮冷笑两声，发生在繁茂热带地区的故事听起来就像丛林探秘那样充满乐趣，毫无悲剧色彩，随后，问我：“师姐，你尝试着多吃点生蒜可好？”

我懒得和他斗嘴，问他：“我姐姐他们全家去了南洋那边，会不会出事啊？”

“不会的，”钟亮一副吊儿郎当的样子，“那边乱，肯定知道早回来啊，实在不行，还有使馆庇护呢。”

我看着窗外的风景，心跳成段地失踪，只听得钟亮说：“你不会是早上真的吃了生蒜了吧？”终得我暴打，心满意足，不再贫嘴。

一个半小时以后，我们来到三环外痴心兽制造公司，钟亮打电话亮出老父名号顺利得见客户部经理。此人想必不但脾气古怪而且关注时讯，满嘴口臭，我们皱眉，避开，隔着桌子，钟亮问他：“您能查查你们的客户中可有钟奎先生吗？”

大名一出，如雷贯耳，本市名人钟奎先生，钟亮之父，生意跨建筑软件信息外贸制造药品，福布斯榜上有名，先人是永安城建立初的名将军，祖上更有赫赫功绩，说出来吓死人，黑白通吃。

小经理差点把脸都贴上来，连连点头，说：“可以，可以，当然可以。”一番查找，毫不意外，找出钟亮之父，十年前，购买过痴心兽一头，时年钟亮升入初中，成绩下滑，在路上当阿飞，购买智力较高的雌兽，学习习惯良好，培养爱心，也可教育小钟亮好好念书。

钟亮一听，眼睛发亮，问经理说：“那么，兽现在去了哪里？”

“不知道。”经理说。

“什么？”钟亮怒道。

“不知道。”经理汗涔涔，但固执说。

“你们老总呢？”钟亮火冒三丈。

“老板也是一样的，钟先生，的确是不知道。这是政府在管的部分。”

我捏一捏钟亮手，他看我，我说：“走吧。”

他看了我几秒，知道和他理论也没用，于是说：“好，走。”

临了，给小经理一个眼神，估计足够他回味恐慌三个月。

但轮不到他，钟亮陷入比他更大的恐慌——随着本地媒体隔墙观火般津津有味报道热带国家的暴乱骚动——甚至出现了人体炸弹——并一再发布生蒜可以控制情绪的理论，口臭的人越来越多了，就像一场预谋。

“莫名其妙啊！”钟亮说，“就算是发脾气，也不能乱吃生蒜啊，满世界的人都在想什么啊？神经病嘛！”

永安市政府可能是这场媒体强暴公众事件中的最大得利者，特别是市报居然在头版发表社论，提倡大家展开广泛的市民道德建设工作，第一条就是多吃生蒜，最好每天两次。

钟亮同我夺路而逃，见人便躲就是。钟亮大骂：“真是活脱脱一个疯人院！”

我们走在一条狭窄的路上，他突然笑了，我说：“你笑什么？”漫长一条道路，就我们二人，虽然似约会，但也不值得如此开心。

他说：“她在干什么呢？”一脸甜蜜。真正恋爱状态。

我知他在说痴心兽。那头他年幼时候的玩伴，一语惊醒梦中人。钟亮说：“怎么会忘呢，爸爸带她回来时，已经长成五岁模样，漂亮的小女孩，走过来，叫我哥哥，爸爸说，这是你妹妹，从今天开始，要好好对她。”

“陶瓷一样的娃娃，一眼就喜欢她，她不喜欢上街，就不去，她喜欢看书，我陪她，虽然年纪小，但很聪明，口齿伶俐，和我下围棋，次次都赢我。”

“后来，突然不见了……”他说，“我都忘记了，她在干什么呢，现在，在哪里？”

在这座荒诞的城市，他在挂念着那头兽，痴心兽，人造的兽，价格不菲，每个孩子最好的玩伴，但他不管这些，他走在我身边，眼神阴郁，焦虑，是那么英俊，他说：“师姐，她去了哪里，现在还好吗？”

我叹气，握他的手，“别担心。”我说。

“我挂念她。但并不担心，还好她已经死了，永远都不会受伤害，无论暴乱、战争、大规模口臭，都和她无关。”

“我只挂念她。”

我回家去喂路佳的痴心兽，三克胡萝卜，十克水，十克可乐。她食欲不佳，半数呕出。“难道你也会担心？”我捏捏她刚刚长出的小鼻子，虽然小，但是和我的鼻子长得的确很像。

睡到半夜，惊醒，电话。

接起来，是路佳。“小姨……”，刚叫一声，就被我姐姐抢过去。

“我们被困在机场了！”她说。

“啊？”我迷迷糊糊，“什么？”

“我们被困在机场了！本来那边正在暴乱，玩也没玩好就回来了，结果刚刚到永安机场，就被拦住了，说不许进入市区。”姐姐声音着急，有哭腔。

还没说完，又被姐夫接过去，他说：“你别担心，也没什么，应该是政府的程序，毕竟那边形势真的很混乱，但是路佳有些累了，所以很闹，你哄哄她就好。”

然后电话交回路佳，我被他们绕得半晕，听得路佳说：“小姨，佳佳好吗？”

“好、好。”我连声说。我说：“路佳乖，不要怕，明天你就可以回家了，小姨做红烧肉给你吃。”

“不吃！要吃可乐鸡翅！”路佳挑剔。

“好、好。”我答应。

“小姨我想你了。”奸计得逞，小丫头不忘撒娇。

“我也想你。”我说。

如此聊了五六分钟，终于挂了电话。

痴心兽在床上发出模糊不清的声音，皱着眉毛，抓我的手指，“你担心路佳吗？”我问她。

她只是呢喃，眼中似有泪水。

我抱她在怀中，柔软而温暖，“可爱的小乖乖，没关系，”我说，“他们会回来的。”

他们回不来了。

“全体机场归来游客安乐死？！”报纸的标题如此耸人听闻。

暴乱可怕，暴力因子的复发可怕，政府为了保护市民不受暴力阴影影响，为了保护永安远离暴乱地区，成为十佳文明城市，决定牺牲少数，将对还在机场中的归来人员实施安乐死……

我打电话问钟亮：“愚人节改到圣诞节以后了吗？”

“他们玩真的。”钟亮语气低沉，说。

永安爆发大规模游行，游行队伍浩浩荡荡向市政府进发，队伍中人兽混杂，有白领，商人，更有官员，他们是一望无边的人海，大人，少年，甚至儿童，衣着光鲜，仪表堂堂，全部挥舞着旗子，高喊着：“提高市民素质建设，使用礼貌用语，禁止暴力，让他们消失在永安之外！”大屏幕播放着热带国家中一个接一个发生的灾难：在大街上的屠杀，持枪抢劫，暴民冲进政府，掀翻一个个官员的假发，推波助澜，唯恐天下不乱。

游行队伍在途中遇见另一小群人，稀稀拉拉举着牌子，说：“不要杀死无辜的人！”瞬间被人群的洪流冲得不见人影。

我在房间中，看楼下，整个城市从未如此井井有条，所有的人都喊着同一个口号，恐惧着同一个恐惧，呼吸着同一个命运，他们的脸害怕得发青，双手发抖，这是一个如此疯狂的城市。他们都是城市中的精英、要员，是永安城运行的动力，那些流浪汉、农民工、亡命徒、艺术家，在远处看着他们，瞬间就被淹没。

我打电话给我姐姐，打不通，一次又一次，都说：你所拨打的号码并不存在。

并不存在。

我们的城市疯了，就像任何一场暴乱，因为人数众多，显得冠冕堂皇，少数置疑迷茫的声音被淹没殆尽——那些暴乱的人民，必然不是因为发疯；而所有发疯了的人民，再也不会发起暴乱——有那种冥冥中的力量，说：你们发疯吧。所有的人就都疯了。这个声音又说：让他们消失。他们就要消失了。

他们会死。我无比清楚，知道这点。这不是开玩笑，这个城市都疯了，怎么办，怎么办，我姐，我姐夫，小路佳，被困机场，安乐死！

我来回在房间中走，几乎想用头撞玻璃，头头们高不可攀，如同神祇。他们说死，就死。何况全城无数疯子大肆声援。

我拿起电话，下意识想打给我师，他神通广大，一个电话就可帮我搞定，别人我不管，我们家那三个一定要给我放出来。

拨号到一半，突然想起他已经死了，愣住，半晌，失声痛哭。

我师已死，留下钟亮一小傻瓜师弟烦我……钟亮！

我突然想起，通天人物不止一个，忙打电话给钟亮，我说："钟亮，我要你帮忙，我姐姐、姐夫和外甥女被关在机场，求求你爸爸，放他们出来！放他们出来！"

钟亮被我吓到，说："你别哭，你别哭，我爸刚才还在跟我骂，说这些人都疯了吗！我去跟他说，一定没问题，你现在在哪里，到我家来，别一个人待着乱想。"

他声音严厉，如同我师，骂我笨蛋，节奏都一模一样。

我不由矮半截，连连应声，说："好、好。"

"带上痴心兽！"他叮嘱。

"好、好。"我说，一边走到卧室，想带佳佳出来，路佳的小兽，她去买她，然后说：“要像小姨！”

……我愣住。

“喂？”钟亮电话中着急，“你怎么了？你怎么了？”

“喂？”

床上，躺着熟睡的小兽，但身躯毫无起伏，衣服上尽是她呕出的食物，颜色混杂，辨识不清，一张脸，皮肤白嫩，被她自己的手，抓得几多血痕，不成样子。

“像小姨的兽，我的佳佳！”路佳笑说。

我双目一黑。

迷糊中见到导师，自他死去，脾气好了很多，居然拍我肩膀哄我：“别怕，别怕，一切都会过去的，你什么事情也没有，你是我独一无二的宝。”这等恶心台词，居然说得出。

再醒来，躺在床上，猛去看身边，干干净净，对面坐着一个钟亮，看着我，叹气，说：“你醒了。”

“痴心兽呢？”我问。

“死了。”钟亮无比平静，直接说。

我再愣：“八万八千八，我姐非掐死我。我姐……！”

“钟亮！”我说，“我姐姐他们怎么样了？”

他苦笑：“刚刚紧急招集代表大会投票，统统赞成，只一票反对……”

“他们都疯了！”我不知道是该哭还是骂，“反对票谁投的？”还是问。

“我爸。”钟亮骄傲无比，说。

我苦笑。

打开电视，经济频道，影视频道，新闻频道，井井有条，没什么不对，可我们都知道城市疯了，市长发表催人泪下的讲话：“我们只有杀死他们，让他们为了我们的城市，成为悲剧的英雄！把暴力因子扼杀在摇篮之中，保持永安一直为零的犯罪率！”

下面一片掌声，集体催眠。

钟亮看我脸色惨白，安慰我：“你别担心，我都跟我爸说了，他安排人去想办法，让他们出来，刚才来电话说一切都还很顺利，你和我先去我家等吧。”

人为刀俎。

“走吧。”我说。站起来，头一晕，钟亮大手一伸忙扶住我，皱眉毛：“你什么破身体啊。真是。”

“近墨者黑。”我再次确认。

钟亮家在本城顶极富豪区，好恐怖，似纳粹，全社区插满标语：建设文明社会！提高市民素质！——满口胡言乱语，我是不是还在做梦。

就钟亮家门口还算干净，钟奎先生出来迎我们，不愧大人物，身形健美瘦长，道骨仙风，不落俗套。只可惜了他的威武名，我暗想。

钟母也似画中人，笑语嫣然，招呼我坐下喝茶：“等下，你姐姐他们就来了。”说得全不当一回事，果然见过大世面。

钟奎先生和我聊天，他说："你的小说我也看过……"

又见这恐怖开场白，我不由头皮发麻，只得敷衍说："下次新书送您一本。"

谁知他哈哈一笑，说："那不必了，你哪能人人都送，我自己买。"

闲谈着，说到这次为建设文明社会爆发的暴乱，钟奎先生叹气："主要是南洋那边好几个政府都被推翻了，市里面肯定有些敏感，加上有些私人恩怨……可居然还有那么多人跟着响应，真是见鬼了！"说完，自己也笑了，"也难怪了，永安一向以全票通过而美名远扬，平时也就算了，可这次也这么胡闹，真是疯了，真是疯了。"

我看着他，不由打了一个寒战："是的，无论如何，一定有人疯了，到底是他们疯了，还是我们疯了？"

"谁知？人人兽兽，谁知？"

"是啊。"我接话，"一夜之间觉得空气都变了，连我小外甥女的痴心兽昨夜也死了。"

"痴心兽"三个字一出，钟亮猛咳嗽一声，钟母神情一变，但终于什么都没说。

尴尬中，又坐了一会儿，听得我小外甥女路佳劈劈啪啪跑进来的脚步声，一路跑一路叫："小姨，小姨！"

然后是我姐姐和姐夫，走过来，握我的手，什么也不说。无言胜有声。

我几乎泪盈于睫，但又被我姐生瞪回去，谢过了钟父钟母，钟亮自告奋勇送我们回家。

先送姐姐一家回去，她要请我上楼，我推辞了，很累，只想回家，而且痴心兽的事情，我还不知怎么跟他们交代。他们也累了，于是说明天让我过来，说了再见。

回去路上，钟亮沉默，然后他说："以后别提痴心兽的事情了。"

"怎么？"我说。

"我回去又问我爸妈了，他们俩差点吵翻天，原来那头兽是我爸偷偷模仿着林宝的样子养的，说是买给我，养了一年，被我妈知道了我爸以前和林宝的事，逼着我爸送了回去，他们大吵一场，从此我妈对痴心兽恨之入骨，连后来送来的礼品罐头沙发什么乱七八糟统统丢掉，看也没看一眼……"

我看他一眼，他倒是用心开车，心无旁骛，我笑了，陈年往事，富商和自杀的女优，原来如此。

"但，"钟亮又说了，"话是这么说，那头痴心兽后来去了哪里，谁也不知道，或许送回去又没人要，还那么小，就被杀掉了。"

我又看他一眼，他依然面无表情，但方向盘上指节已发白。

"不会的，"我安慰他，"养痴心兽的人那么多，你们那肯定每个小孩都养吧，总不能都杀了呀，杀了干什么，吃啊……"

话还没说完，我突然愣住，钟亮也同一时间紧急刹车，转头看我，脸色苍白，说："你是说……"

"是他！"我突然什么都明白了，他什么事情做不出来！

我师，他为达目的，不择手段，但他是为了什么，要这么做，让永安，成为如此一座疯狂的城市。

痴心兽，痴心。他为什么叫他们痴心。我总算明白。痴心。其心也痴。

我们在路边停了很久，浑身冰凉，钟亮终于发动了汽车，我们开上一座立交桥，俯冲下去，城市的灯火万千，我的家人已经归来，更多人的家人将会死去。

他们面容平和，彬彬有礼，见人，微笑就是，行尸走肉。在遥远的南方，炎热的南方，国家被推翻，人民被屠杀，这些，都和他们无关，有关的人，业已消失。我知道，此事过后，所有的报道就会魔鬼一样停止，大街上的口臭也会消失，了恩怨的人，了了恩怨，一了百了。

他们会忘记这所有的事情，记得的人，也会渐渐忘记。

所有的人，都是疯子。

我彻夜无眠，看自己留下来的报纸，上面用一个小板块报道着他的死讯，神的手藏在角落里，孤独的孩子跟在后面，谁能知道，他死了，他改变了所有的人。

还好他死了，一瞬间，我如此想。

但又终于流泪。

节日过去，城市的天空漆黑一片，我说知道的人都睡着了，我不知道的人，死去了。

第二天我去给我姐姐负荆请罪，我说："姐，我对不起你，我做牛做马还钱给你。佳佳被我养死了。”

我姐姐居然神情平和，可能是因为死里逃生，还隐约觉得欠我一条人情，她说：“算了，路佳吓了几天，已经彻底忘这事了，就别再刺激她了。小孩健忘。”我知道，她会忘掉所有不快乐。

末了，姐姐又说：“兽是怎么死的？”

我迟疑着描述给她听。

她一拍大腿：“不对啊！说明书上清清楚楚，就算没喂东西或者喂错东西，兽也不会死，而且还死得那么奇怪！一定是质量问题，我们去找他们！”她一个鲤鱼打挺翻起来，不愧是我姐，人精。

我被她拖着上天美百货，找售货小姐机关枪般一阵扫射，小姐招架不住，差点晕倒。半晌，终于弄清楚是怎么回事，小姐也狐疑，她说：“太太，你是不是搞错了，我们这里从来没有出过这种事情，痴心兽我们卖了二十多年，从来没有这样过，痴心兽从没被人养死过。”末了，看我一眼，似看夺命杀手。

我姐姐怎么肯罢休，她说：“这事情一定是你们的错！我要上消协告你们，能说算就算吗？！这么贵的东西！”

小姐被彻底吓住，进屋找了一男子出来，我一眼认出他就是我和钟亮去找过的那个小经理，经理必然以为我是钟亮女友，看见我早就吓得魂都没了，爬上来，一句话也不问，就说：“对不起，对不起，是我们不对，我们赔偿你们损失，一定赔偿，全价再加百分之二十五，马上赔偿！”

精明如我姐都觉得对不起他了，姐姐说：“算了，算了，全价就好了。”

“怎么可以！”他坚持不干，拖着我姐进屋开支票，我跟着进去，我姐姐莫名其妙，但嘴上依然不吃亏，喃喃自语：“是钱的问题吗，这痴心兽可是按照我妹妹的样子做的，她从小就跟她妈在外面，连张小时候的照片都没有呢！”

经理说：“这还不简单，我们的电脑里面有她现在的照片，就能给她模拟一张小时候的出来，一岁，两岁，三岁，什么时候的都行！”

不由分说，拉着我进了电脑房，三下五除二，机器输出了一张照片。他忙拿过来给我看，他说：“你看，你看，这个照片，就是你小时候的，大概五岁，还有大一些的，我马上给你打出来，给你姐姐看……”

我低头，看那个小孩，眼睛大而且黑，皮肤白嫩，很是可爱。“这是我吗？”我低声问他，有些颤抖。

他着急了，说：“当然是！我们这套程序可是发明痴心兽的大科学家亲自设计的！”我师。一切都是他。我双手冰凉，嘴唇发抖。

颤抖着，终于撕掉了照片，我说：“你不用再打了，我姐姐就是说说，不会想看的，可以的话，把我的资料删掉吧。”

小经理看我脸色不对，连连答应，一一照办，送我出去，说：“什么时候和钟先生来玩啊！”

我姐拿着支票喜滋滋，看我出来，拖我就走，一路说：“他们今天是怎么了？快走，免得他们后悔。”

我们走出大楼，外面阳光灿烂，我闭上眼睛，深呼吸一口气，但还是清楚地看见那张女孩的脸，我再熟悉不过，每年春节，别人都出去玩，母亲和我在万古庵同女尼们守着电视看第一只痴心兽的诞生，画面中我导师还年轻，眉目间是英俊和傲气，但抱小女孩，温柔地笑，亲吻她的脸。我母亲就摸我的手，说："你会爱这样的男人吗？"

我看着他就笑，我说："会的。"

那小兽在他怀中无比幸福，她的那张脸，我一次次记住了，她的那张脸，刚刚清清楚楚，印在纸上。"是你小时候的样子。"那男人说。

我失笑，再笑。

我导师抱我在怀，对全世界宣布："这是我的痴心兽。"

他只抱我在怀，把专利送给政府，杀死了所有的痴心兽。

这些，都是真的吗？那么，我知道的那些事情，都是假的吗？

闹市区人来人往，无数陌生的人和我擦身而过，我们彼此都是对方的疯子，我们都不知道另一个的故事，知道故事的人，早已经死了。

我看见我师，他说："你是我独一无二的宝，看见你，我就会快乐。"

你这么说过吗？我还没问，他就消失了。

传上古也有痴心兽，其主亡，碰壁而终。今有能士因之造痴心兽，但此痴心非彼痴心，实为制人服民安邦之兽。

此兽家养，性纯，爱其主且忠。兽肉剧毒，且独毒其主，食之成痴。因此，王贩痴心兽于民，五岁之后，兽初成，又暗杀之为食，剩其肉于铜罐，返其主，主食之，则心愚钝，盲忠，不二于王，近乎癫，永不覆舟。

痴心兽尽亡而王安其邦，能士献方于王而保一兽。各得其所，各安其命。

王得其民，永失其心。兽痴其心，永失其主。

孰得，孰失。莫知之。

英年兽多早逝。其祖命为死囚，卒于牢狱，命孤绝。故，英年兽散而不乱，固守其习，雄兽蓄长发，雌兽修短发，结亲于族内万年不变。

英年兽

英年兽不群居，分散在永安城各个角落，好歌，闻歌而舞，皮肤大多粗糙而发黑，骨架粗壮，身材高大，雄兽留长发，雌兽短发，戴假发为头饰，除三年一次的仪式外，雄兽不落发，落发如断首。

英年兽高鼻深目，脖子上有鳍为竹叶状。嘴唇多偏紫色，发偏红，后背有两块新月形气孔，各长约一寸，覆盖半透明的红色皮肤，但不可内视。此外与常人无异。兽性孤，寡言。

除本族外，英年兽鲜少与外族交往，分散的兽族三年聚会一次，组成新的家庭繁衍下一代，英年兽命薄，大多不过而立而亡。

传说英年兽们都是古代死囚的后代，因而在永安生活辛苦，幼兽大多初中毕业即辍学。在这一届政府上台时推动的英年兽就业工程中，身形高大的他们成为了保安，因此，在永安各大小区、单位，或者娱乐场所的门口，都能看见英年兽的身影。

兽们沉默而勤劳，守护着永安的安全，做出着卓越的贡献，报纸上不时出现以“英年兽是人类忠实的伙伴”为题的真挚报道。渐渐地，请英年兽做保安成为了一种身份象征，富豪小区更必不可少。

调查表明，每一个永安市民都至少见过一只英年兽，他们是永安最为闻名的兽，吃苦耐劳，从不抱怨，终于得到了人们的尊敬。

英年兽繁殖力超强，雌兽常能一胎产下五只或以上的幼兽，但易早夭，故而多年来，英年兽的数目保持平衡，并未增加。

而那只曾经同人类女性通婚的英年兽的故事，知道的人少之又少。

“你怎么又写爱情故事啊？”钟亮瘫倒在我的沙发中，抱笔记本电脑在膝盖上，心不在焉，凶神恶煞，问我。

我躺在床上，有气无力，只能用力给他白眼：“我都成这样了，你能不能给我个好脸色啊？”

话音未落，钟亮索性放下电脑，走过来指着我骂：“你这个白痴，半夜回家也不知道打车，非要走路，走路也不走大路，非要走小巷，被人抢，你就把包给他啊，你还挣扎，活生生被人家划一刀，”说着，抬起我右手臂，问，“还痛？”

“苍天在上，还鲜血淋漓的，你可不可以不再折腾它了？”我抢白他。

他瞪我一眼说：“现在来精神了？昨天晚上打电话跟我叫救命的是谁？千里迢迢开车来挽救你这个白痴，送你去医院缝针、不给社会增加负担的又是谁？”

我理亏，只得转移话题，凶他道：“你倒是快去打字啊，不然来不及交稿了啊！”

我小师弟钟亮无奈之下不忘要帅地叹气，说：“我真是烂好人，居然还帮你赶稿，你编辑也真是黄世仁，你也真是保尔·柯察金，身残志坚啊！”

他一边叹气，一边回头坐回沙发上，百忙中闪掉我丢过去的枕头，拿起电脑，摆出十足大文豪作派，问我：“说吧，下句是什么？”

“你饿了吗？”姑娘问。

兽说：“没有，只是有些困。”

他们对面是北方玄黑色的天空——那是许多年前的故事了，新政府还没上台，环境还没治理，游散的英年兽们作为小混混在每一条街道上无所事事地收着保护费，打架斗殴，工厂排放出粘满黑色颗粒的废气，工人们把可乐当纯净水喝就是。

现在，那头英年兽靠在门槛上，低着头似乎在打盹，他说：“只是有些困了。”

姑娘说：“你骗我吧，你一定是饿了，你看这样好不好，我煮一碗汤圆给你吃。”

兽抬头看了她一眼，冷酷地说：“别耍花样了，快交保护费。”他的头发很长，像个女人一样盘了起来，皮肤黝黑，在阳光的照射下，几乎浑然一体，就像长了一个硕大的头。姑娘在柜台后面，看了他一会儿，终于忍不住，笑了。

兽有些恼怒，他问她：“你笑什么？”

她把这个想法告诉了他，于是他也笑了。

这头雄兽刚刚经过漫长的逃亡，回到这个城市，一切都是那么奇怪而新鲜，关于收保护费的故事，他其实一无所知——他回到家，收拾干净了新鲜和陈旧的垃圾，坐在空荡荡的房子里，想，我干什么好呢，他打电话去英年兽联谊俱乐部咨询，人家说，去收保护费好了，他就来了。至于怎么收，收多少，以及是不是要打那个讨厌的姑娘一顿，他一无所知。

头一天的经历是这样的：他睁着眼睛，适应明亮的阳光，走过了那条漫长的街道，顺着一股很大的干辣椒味找到了那家干货店，店不大，用一张木板当柜台，上面放着八角、桂皮、花椒、姜、干辣椒、火锅底料、香油、酱油、味精等一些乱七八糟的东西，姑娘坐在柜台后面，怀里抱着一块四四方方的红糖，用一把勺子有一下没一下地刮着，然后不时把勺子送到嘴里舔一下。

他看了她一会儿，终于跨进店里，姑娘正好吃了满满一勺红糖，笑了起来——姑娘长得不美，可是笑起来，非常可爱——他愣了一下，她就看见了他，于是她站起来，问他："你要买什么啊？"

他清了清喉咙，说："我收保护费。"

"什么费？"她问。

"保护费。"他又说了一次，有些不好意思了。

"保什么？"她疑惑。

"保护费。"他迟疑着，终于又艰难地重复了一次。

"保护什么？"姑娘完全抬起头，微笑着看着他，问。

他终于意识到她是在逗他玩，有些恼怒，走近了些，虎着脸，大声说："保护费！"

这是一头成兽了，长得非常高大，和每一个远离过故乡的婴孩一样，满脸沧桑，他的鼻子很挺拔，在脸上投下山脊般的阴影，眼睛里面，都是怒火。

可是姑娘不为所动，只是歪着头，思考了一会儿，问他："你要保护我吗？"

兽再次愣住了，还来不及说什么，她又说："可是，我什么危险也没有啊。"

关于怎么给姑娘制造危险，让她觉得需要他的保护，兽思考了整整一个晚上，最后他决定坐在小店的门槛上，无论哪个客人来，他都用他的腿把他们挡在外面，一边挡，一边转身，对姑娘说："保护费。"

他想得倒是不错，可是干货店的生意实在不怎么样，一直到了下午三点，一个客人也没有，兽靠在门框上，听姑娘的勺子在红糖块上一下一下地划着，几乎快睡着了，这时候，姑娘问他："你饿了吗？"

兽顿时觉得很饿，但他说："没有，只是有些困。"

虽然如此，姑娘还是给他煮了一碗汤圆，整整二十个，有红糖芝麻馅和花生馅。

兽吃得津津有味，姑娘问他："好吃吗？"没等他回答，她又自言自语，笑着说："姑娘们出嫁的时候，都要吃这样的汤圆，最吉利了。"她本来不漂亮，但是笑起来，非常可爱。

他差点呛个半死。

“我觉得我爱上了你。”兽笑了，然后，说。

“等等等等！”钟亮说，“我受不了了，你有必要一定要把雄性动物写得那么弱智吗？还有，你是没谈过恋爱还是怎么的，故事进展有必要这么快吗？”

“我写还是你写？”我一边喝牛奶，看连续剧，一边骂钟亮，“第一，故事本来就是这个样子的。第二，每一期故事只有三千字的版面，因此最好直奔主题。”

钟亮语塞，气结，好一个可怜虫，然后疑惑地说：“为什么我怎么看怎么觉得你是在利用我啊？”

我喝完牛奶，按暂停，忙转过头去感化他：“好师弟，昨天晚上我伤成什么样子你是看见了的，我右手上那么长一个口子足足缝掉十二针你也不是数不清楚，我怎么就是骗你了呢？”

“嗯。”钟亮沉吟，然后说，“昨晚那抢钱的什么样子你真的没看见吗？你好好想想，只要能想出个大概，我保证我挖地三尺把这家伙给你找出来……”

“接着抽筋扒皮，吊在城门上示众……”我接话，然后摇摇头说，“钟大少爷，你就不用炫耀你的财大气粗、位高权重了啊，我真没看见，破财免灾、破财免灾。”

钟亮“哼”了一声：“财是破了，灾也没免了，这厮也忒狠毒了……昨天我赶去看你的时候，还以为你被人仇杀……全身上下的伤……”他猛住口，转头过来看我，迟疑着，终于说，“师姐，对不起啊……我没想再提的。”

“没关系，”我笑了一下，在他愧疚的眼神中，说，“死罪可免，活罪难逃，去厨房给我下十五个汤圆，五个花生五个红糖五个芝麻，一个都不能错啊！”

钟亮顿时小天使复活，骂我：“你、你、你、你是猪啊！已经吃了三个小时了！被人抢了而已，又不是坐月子，吃那么多！大龄女青年也不能自暴自弃啊！”一边说，一边进了厨房。

“我觉得我爱上了你。”兽说。

“汤圆煮得太软了一点。”我补充。

“你觉得什么？”姑娘问。她好像永远在想另一个星球上的事情，永远都弄不清楚别人说的第一句话是什么。

“没什么，”兽忙改口，心脏乱跳，问她，“你什么时候交保护费啊？”

“交多少啊？”姑娘终于问。

“这个问题我从没思考过，”他想了五分钟，终于说：“五十吧。”

“五十？！”姑娘大惊。

“五十。”兽再次确定，语气虚浮。

“这么便宜啊？”姑娘说，“给你五十块，你就能永远保护我了吗？”

兽一阵晕眩，世界上最可怕的事情就是第一次收保护费的小混混遇上第一次交保护费的小老板。“之前你都是在哪里生活啊？”兽不禁问。

“在学校念书，因为之前家里人出了点事，才到这来的，帮亲戚看店。”她一五一十地告诉了他，然后锲而不舍地，问，“给五十块你就可以一直保护我了啊？能帮我搬煤气罐吗？”

“不是的，只是一个月。”兽说。

“那也太贵了点。”姑娘撇嘴。

“那你觉得多少合适？”兽说。

“二十块吧。”姑娘说。

“二十五。”兽还价。

“好吧，”姑娘说，“要包扛煤气罐的啊。”

“好。”兽说。

姑娘在包里摸了一下，拿出一张一百块，递给那头英年兽。

“没零钱吗？”兽说，“没的找。”他有些不好意思。

姑娘又摸了一下，找出一堆零票，说：“零钱只有二十三块五。怎么办？”

雄兽无可奈何，最终笑了，接过钱，说：“那就二十三块五吧，开门生意。”

“好。”姑娘笑着又吃了一勺红糖。

她笑得那么美，兽一时有些晕眩，并且想，她是不是故意少给我一块五的啊？

没来得及好好想这个问题，兽下午就出去搬煤气罐了，要走过整整两条街才可以搬到煤气罐，因为修路又下过雨，地面很是泥泞，电线杆上写着漆黑的口号。雄兽长得很高，把煤气罐扛在肩膀上，走在前面，姑娘在他后面蹦蹦跳跳地躲着水坑。过了一会儿，她觉得很无聊，就走到兽的身边，打量着他，突然问："你脖子上的东西是什么啊？"

"鳍。"英年兽说。

多年以前，他潜伏在芙蓉河中，像幼鱼一样，悄无声息而浑身冰凉地，离开了永安城。他才刚刚出生，但已经懂得呼吸，冰冷的水通过他脖子上扇动的鳍进入他的身体，让他体会到离开了母体后的初次寒冷。他们一起，是五个孩子，像五条幼小而虚弱的鱼，在水下，和塑料袋、菜叶、酒瓶一起，离开了这个城市。虽然他还那么小，但是他知道，他会回来的。

"你为什么会离开呢？又为什么回来？"坐在干货店柜台后，姑娘一边整理着新买的干货，一边问他。

他不知道怎么回答她，她是一个人类的姑娘，和他毫不相同——皮肤苍白，骨骼细小，扁平的脸上呈现出亚洲人的特点，只有笑起来的时候才会神采飞扬。他刚刚这么想，她就笑了，她一边笑，一边走过来，摸他盘起来的头发，问他说："为什么啊？"

他就这样吻了她。

"怎么了？"钟亮问，他放下电脑，走过来，伸手摸我的额头，"怎么了？不舒服吗？怎么哭了？"

我抬头就可以看见他的脸，低下来，拉出一个漂亮的阴影，他说："你怎么了，怎么了？"昨天晚上，我打电话给他，因在这偌大的城市我没有别的人可寻找，我说："钟亮快来，我被人抢了。"他五分钟内出现，也是这样，出现在我面前，埋着头，问："怎么了，怎么了？"

我看见他来了，终于号啕大哭。

我也想像他那样，天真无邪，坦荡无波，去问，问我的老师，问我的母亲，这是怎么了，怎么了？

我问不出口，他们也没有一个，再能回答我。

我倒是找到了一头英年兽——对我的编辑威逼利诱，通过层层关系，找到一头年老的英年兽，听说在兽族中德高望重，他已经很老了，在英年兽群中，鲜少有这样的老兽，知道几代兽的故事，住在政府提供的福利房中，安心拿着每月一千的退休金，养一只画眉，日子虽然拮据，也过得怡然。

他来见我，只我们二人，坐在我对面，我小心翼翼，看着他，他身材依然很高，长着英挺的鼻子，是兽族中天生英俊的脸，曝日负暄，我不由开了口，问他说："您知道那头英年兽同人类女子通婚的故事吗？"

他看着我，只有脖子上的鳍像被风吹过似的轻轻动着，好像什么都没听到。

我又问了一次。

他说："不知道。"

我有些着急，拉着他的手，脱口而出："我知道这可能是你们族中的秘密，但请您告诉我吧。"顿了顿，我终于说："我是他们的孩子，我的背上，还有红色的新月形记号，是杂交的记号……"

老兽一惊，猛然握住我的手，看着我的眼睛，“你说什么？”他问，声音有些颤抖。

“我是他们的孩子，”我亦哽咽，答，“我的母亲如此告诉我：你的父亲，是一头英年兽，这件事，你谁也不能告诉，谁知道了，你就再也不要接近他。她还说：你要答应我，永远都不去找英年兽，任何一个都不行。”

“好的，我答。我已背叛她，就如同她那样死去，背叛了我。”

但老兽，看着我，好久，终于笑了，他说：“你骗我，你不是。”

“是的，”我说，“不然，我给您看我的印记……虽然没有鳍，但的确是有红记号的……”

“你不是，”他打断我的话，“你走吧。我不想再看见你。”

我骗他，他骗我。谁也不知。

我的母亲骗了我，还是我师骗了我，依然不知，死的死，亡的亡，生死相离。那婴孩若不是我，是谁，去向何方？

我要知道答案，我必须去问他们，问任何一个可能知道的：这是怎么了？

“怎么了？”钟亮终于坐下来，抱着我，拍我的背，哄我，就像我师。“别哭，别哭，”他低声说，“我不是在这吗，什么事，有我在，乖……”

“懂不懂长幼尊卑啊你……”我犹自嘀咕。他用力拍我的头。

“拍傻了……”我说。

“安静！”钟亮再狠狠地，骂我，用力抱我。

“你可不可以和我在一起。”兽说。

“可以吗？”他问她。

她看了他一会儿，问：“以后可以一直帮我扛煤气罐吗？”

“可以。”

“不收保护费了？”

“不收。”

“那好啊。”她眉开眼笑。

兽决定不再收保护费，收拾了一包小小的行李，住到了干货店里，在铺面后面有一个小房间，再后面是天井，最后是厨房，他们用下午扛来的煤气罐烧火做饭，然后坐在天井里吃上了晚饭，姑娘说：“你们这些兽常常和人类在一起吗？”

兽沉思了一会儿，他说：“好像没有吧。”

“那为什么和我在一起了？”姑娘问。

“因为，”兽想了一会儿，说，“因为你笑起来特别可爱。”

姑娘笑了，她明明想忍住不笑，但却还是笑了出来，她一边笑，一边说：“你骗我。”

兽说：“真的。”

真的。即使过去了很久，姑娘和别的人都失去了那头英年兽的消息，她也毫不怀疑他爱过她，毫无来由地，没有逻辑，在第一眼里，就那样，爱上了她，没有等到下个月就要召开的三年一度的英年兽联谊大会，没有等到兽族中等待着他的那头雌兽——

她一定戴着巨大的假发，挡住了所有的太阳——就那样，脱轨地，爱上了她。

她是那样一个可爱的姑娘，一天到晚地发呆，问题特别多，她问他："你为什么留着这么长的头发？"

"没有为什么，"兽说，"很多事情只是一种习惯，就像兽族中可怜的雌兽们都剃着寸头，戴着滑稽的假发。这件事情就像我突然爱上了你一样，没有为什么。"他补充。

姑娘红着脸吃了一口饭，骂他："油嘴滑舌！"然后给他夹了一块红烧肉。

"下个月就能剪掉了。"兽说。

"那么下个月，你就不爱我了？"姑娘反问。

雄兽长叹口气，敲了敲姑娘的脑袋："都想些什么呀，你。"

"说起来，英年兽的雄兽为什么要留长发啊？"钟亮问，"只知道，雄兽在成年礼的时候可以剪掉头发，然后便在兽族安排下同雌兽交配……难道，头发是某种性欲的开关吗？"

他疑惑地看着我，说："你留这么长的头发，是因为怕嫁不出去吗？"

我直接把杯子向他丢过去。

他接过杯子，不知悔改，继续说："这么说，难怪老师一直很喜欢剪头发啊，一个头，刺猬似的……"

这次他终于没接到碗，惨叫一声跳起来，瞪着我撒娇："师姐，你也太偏心了，就说了老师一句，你至于吗……"

“我是阻止你毫无逻辑地无中生有。”我说，“一点学术精神也没有，跟着老师这么久了。”

“你有吗？”钟亮不愧是我师弟，立刻反唇相讥，“一样吊儿郎当，谁知道你为什么值得老师怀念那么久。”

“他怀念我吗？”我来不及掩饰，脱口而出。

“是啊，”钟亮毫无知觉，继续八卦，“每天都和我念叨你呢，我拿一个杯子，他说：‘那个杯子是你师姐以前最喜欢的……’弄得整个实验室像你老人家的纪念馆！……”愣了愣，他终于发现势头不对，于是继续说：“就像老爸怀念出嫁的女儿！”——真是足够生硬了。

但我却依然脸色苍白，问他：“你觉得他对我，像父亲吗？像吗？那个，笑着，拍我脸颊，说：‘你是这个世界上最让我头疼的女人！’那个男人，是吗？”

钟亮再迟钝也发现我神情不对，在实验室泡了这么几年，捕风捉影，傻子也能听到些传闻，连忙假幽默道：“对啊，他是皇上嘛，我啊，就是皇上托孤来照顾你这个刁蛮公主的老臣。”

“老臣？”我迅速收敛情绪，讽刺他，“你这乳臭未干的小孩儿，当我驸马还嫌嫩！”

钟亮大怒，想必伤及男性自尊，“你这死女人，翻脸快比翻书，刚刚还哭呢，现在居然说我小！小？我只比你小七个月零三天！”

斗嘴斗在兴头上，我无暇为他居然知道我生日而惊讶，脱口而出就是气他的话：“对哦，我忘记了，你又不像我是天才少女，肯定留过级。”

喷火小恐龙钟阿贡终于使出必杀技，狂怒道：“你再说、再说，我把今天写的内容通通删掉！”

死穴。还能说什么，“钟亮先生大人大量英名果断万寿无疆。”更恐怖的是被拖稿两个星期的市报编辑大人说：“你再不交稿，我断你水电！”——于是才有了负伤口述小说的这一幕。

那头英年兽还是去开联谊会了，头一天晚上，睡觉之前，他接到电话，被通知了第二天开会的地点和时间，他说“好”，然后，挂了电话。

姑娘在被窝里睡得迷迷糊糊，伸出手抱他，问他：“怎么还不睡？”

“睡了。”兽说。

他躺下，却睡不着，过了很久，她问他：“怎么了？”

他说：“如果有一天，我想离开这里，你会和我一起走吗？”

“好。”姑娘含含糊糊答应他，然后皱着眉毛，说，“过来抱抱我，冷。”

她一皱眉毛，他就觉得天都要塌了，于是过去抱着她冰凉的小身体，就像他母亲死去之前，在他怀中，看着他，整个人突然枯萎了那样。

早上他们吃了馒头，她送他出门，她说：“我不能跟你一起去吗？”

“不能。”兽笑了。

姑娘明白这些，永安是一座宏大、肮脏、无法俯瞰的城市，到处都是来历不明的兽，到处都是来历不明的秘密，大家心照不宣，安身度日。

于是她坐在干货店里，一整天都没有一个人来，她依然刮着一块红糖，有一口没一口地吃着，不时吐出粗糙的糖渣，吃完半块糖的时候，他终于回来了，头发剪掉了，因为天气冷，带着围巾，用鼻子呼吸，呼出白色的气体，看起来就像一个英俊高大的人类男子。他一句话不说，走进来，跪在地上，狠狠抱住她，低声问她说：“你爱我吗？”

“你爱我吗”，他们在一起一个月，几乎还是陌生人，他问她这个一辈子的问题——你爱我吗。

她抚摸着他的背，敏感地感觉到下面那两块奇异的新月形气孔，她问他：“你会给我买很多红糖吗？”

“会。”他说。

“那么我爱。”姑娘说。

“要是我买不起了呢？”兽失笑，问。

“也爱。”她说。

姑娘是这样的姑娘，兽也是这样的兽，所有的我们，都是如此的造物，我们仰着头，等人来抱着我们，问：你爱我吗？

我们只需要提出微不足道的小要求，若满足，就死心塌地爱上这个人，而在我们爱上了这个人以后，即使他什么也不能给我们了，我们也依然爱他。

过了三天，兽出门去扛煤气罐，姑娘一个人在店里，终于来了一个客人，她很开心，抬起头，问客人：“你要什么啊？”

那雌兽说："把他还给我。"

雌兽长得高大，眉目明朗，眼神清澈，她戴着巨大的假发，像两只翅膀张开了在脑袋上，脖子上的鳍因为激动剧烈地扇动着，她自发坐在了姑娘对面的椅子上，看着姑娘，说："你不能和他在一起，我们英年兽是不能和人类通婚的。"

"为什么？"姑娘问。

"没有为什么，"雌兽耐心解释，"这是传统。我们兽族本来就数目很少，不能再跟外族通婚、混淆血液了，每个人都是统一指派的对象。我就是他的对象。"

姑娘看了她一会儿，她是一头很美的雌兽，脖子修长，身形高挑，眼神有些忧伤，皮肤黝黑而粗糙。但是她终于做出了一个重大的决定，她说："你走吧，我们已经在一起了。"

雌兽一惊，还想争辩，她说："你们分开吧，不会有好结果的，我们兽族都是死囚的后代，生活艰难，传统牢固，他一定会离开你的。"

姑娘看着她，仰着头，看起来是那么美，她笑了，说："我不信。"

她慢慢地吐出这三个字，用尽了全身的力量，"我，不，信。"但话音还没落，雄兽就离开了她。

雄兽的离开和那头雌兽无关，是因为他们的幼儿。

兽说："我们不能要这个孩子，去打掉，我们永远都不能要孩子。"

那个姑娘，现在她是一个彻头彻尾的女人了，她说："我一定要把我的孩子生下来。”他就在她腹中，她能感觉到他的每一次呼吸，她说：“这是我们的孩子。”

“不，”兽看着她，眼神痛苦，“他只是一个杂种。”

“一个杂种。”她泪流满面，终于号啕大哭，像个泼妇，像这个贫民区里面的每个一蓬头垢面的泼妇，拉着他，说：“求求你，让我把孩子生下来吧，我想要一个孩子，我自己的孩子，我们的孩子。你爱我的话，为什么不爱我们的孩子。”

他们争吵了很久，或许是一个星期，或许比他们爱上彼此的时间还要久，兽终于说：“好吧。”

姑娘生下了这个婴孩，但是婴孩永远没有父亲了。那头英年兽离开了，就像他来的那天那样突然，姑娘一个人去扛煤气罐，孩子就会长大了。

孩子真的长大了。故事就是这样。

“就这样？”钟亮不可思议，看着我。

“是啊，”我说，“你不知道报纸上寸土寸金，还想多写，小心被打死。”

钟亮于是存档关机，意犹未尽：“当作家真好啊。”说完，又觉得不妥，说：“当写家真好啊。”

不管他语气中对我的鄙视，我闭上眼睛，深呼吸，想到我的母亲就是如此，对我讲到我的父亲，字字句句，都是她的话语，她把一切都告诉了我。她问我：“你恨他吗？”

我说：“不知道。”

我的母亲神情恍惚，可能是过了太久，故事中那个女人根本不像是她自己了，她说："要是我，我会恨他的，就这样离开了，是不是去找那头雌兽了呢，那个孩子，会不会觉得自己真的是一个杂种，一个没有父亲的杂种，人不人，兽不兽。"她叹气。

我说："不会的。"走过去摸母亲的脸，万古庵中的气味让人心安，我说："我过得很好。恨会把我摧毁的。"

她就微笑了，她说："我带你到佛堂，终得静心，但如果我不这么做，你变成一个偏执暴虐的孩子了，我也不会怪你，这些，都不是你的错，都是你的命，你这个可怜的孩子。"她又说："我告诉你过的，过去的，就过去了，你不能去找任何一头英年兽，任何一头都不行，知道你的身世的人，你永远也不能再见他们——任何知道的人，都不要再见。"

她履行诺言，五天以后，一场大火烧掉她的庵堂，她静卧其中，就像还是一个少女时那样。

"这些都是假的。"钟亮说。

"啊？"我沉浸在回忆中，一时呆住，傻瓜一样抬头，看他。

他皱眉毛走过来，递给我可乐喝，他说："这些都是假的，你别傻乎乎地就以为那孩子是你了，还感伤得要死，你才多大岁数，你出生的时候，我们市早就环境治理了，早就烧天然气了，还扛煤气罐呢！扛煤气罐的时候，你还不知道在哪里呢！"

一语惊醒，梦中人。

这么多年，我的母亲，终于是，骗了我。

但，为何？

我相信她不会无端端这样骗我，我的母亲不是那样的姑娘，她说的每一句话，都有道理。她说："你不要去找英年兽，绝对不要去。"

我不听话，我去了，结果，遍体鳞伤。

我凝神，摸着右臂，似乎刀光依旧在。深巷中，我夺命奔逃，那歹徒高鼻深目，长发盘起，身材魁梧，脖子上有鳍——英年兽。

英年兽要杀我。

我拼了命地跑，小巷不长，大街上明媚喧嚣的灯光已在眼前，快逃，有秘密的人满身罪孽。

我师说："我是满身罪孽的人，你觉得我不择手段，但我们，都有秘密。"他看着我，眼神温柔，一张脸轮廓分明地英俊，深深低着头，看我，问我说："他们都不明白，但我想要你明白，因为你，不一样。"

"你是这个世界上，对我最特别的。"他说。

他还说："你的一切，我都明白。"

的确是如此，我现在，终于懂得了。

"喂！"钟亮再次把我拉回现实，他说，"你陪我出去吃饭好吗？我饿坏了，打了大半天字了。"

"什么？"我大惊，"我一个重伤的人！"

钟亮几乎贴上来，媚笑，说："没关系的，好师姐，我不想一个人去吃饭，多寂寞，我背你下楼，开车去吃饭，找最舒服的餐厅，吃完了我再送你回来，好不好？好不好？你吃日本料理还是韩国烧烤？"

我看了他一会儿，然后，笑了，我一再微笑，忍不住想要狠狠抱着眼前这个其实很了解我的人。我师是，钟亮也是，他不是不明白，他知道我的，知道我怕什么，知道我怕寂寞。

“好。”我说。

“真乖。”他低头，捏我脸颊，越来越像长辈。

我叹气：“我这人，就如此，软弱糊涂透顶一钢筋精明蛋。”

钟亮背我下楼，放我在大厅软沙发中，柔声说：“等我，我去地下室取车。”然后转身离去，语气像哄未满月小孩，我哭笑不得，傻坐着，等。

我住的公寓在城市的新兴住宅区，住的都是没几个钱的小白领，请不起英年兽当门卫，只有寻一八零以上的人类男士充数，透过大堂的玻璃，可以看见外面规划良好的绿化带，夜色初上，一条街上都是打扮得古怪精致的年轻人。

是英年兽。

昨天那一头，暗巷中的英年兽。

他推开门，走进来，空无一人的大堂中，径自走到我面前，身材高大，低头看我，如一个帝王，他说：“我要你死。”

兽说：“我要你死，你知道原因吧，若不是我昨天弄伤你，只怕你现在已经去杀了雷老……”

“雷老？”我果然天生小说家，生死关头，不忘当好奇宝宝。

“别装蒜了，”兽有些不耐烦，“虽然你是杂种，生命力必然也不弱，但我是无论如何也要杀死你的，雷老养我长大，帮我杀掉我父母，对我恩重如山……”

“你说什么？”我慢半拍。

“别废话了！”兽摸出匕首，明晃晃，对我刺过来，“你有英年兽的血统，就该知道，这是你的命。”

我的命。空空大堂一人也无，平时懒散的门卫阿飞不知何处摸鱼。我紧闭双目，等死。

但钟亮狠狠抓住了他。他说：“你干什么！”说完，反手夺他匕首，我听得兽的腕骨“咔嚓”一响，想必脱臼，好钟亮，果然富家公子，十八般武艺样样精通。

“住手！”螳螂捕蝉，黄雀在后，颤颤巍巍，走进我公寓大堂玻璃门者，不是那头老英年兽又是谁。钟亮愣住，我亦然，真是好戏一日比一日精彩，喧宾不夺主。

那头老兽——现在知道他姓雷，走过来，叫钟亮：“住手！”

他旁若无人，走过来，对那兽说：“你干什么？”

兽看着他，额头上冷汗出尽，唤：“义父……”

义父……？要不是处境不妙，我真要笑出声，还教主呢，武侠小说也不至于这样。不过英年兽如此，我尚能明了，囚徒出生的他们本身有着极重的江湖色彩。

只听得兽说：“义父，她来找你的事，我都知道了，她既然是你的孩子，迟早会杀掉你，我知道你不会动手，于是就来代您动手……”

一言既出，钟亮和我都眼珠吓掉，我暗中哆嗦：“居然一次问中故事男主角，但也不用这么老吧？”

老兽笑，走过去，看也不看钟亮，一把扭回他手腕，拍拍他肩膀，说："傻孩子，真是我自己的孩子，就算是杂交，也是只有我才能杀掉的啊，再说了，她不是，我倒不知道她为什么知道这些事，但她年龄太小了，而且，我们的孩子，是个男孩……"

雄兽脸色灰白，钟亮一头雾水，但老兽不管这些，牵过那兽说："走，跟我回家去，我们好好自己过，我们英年兽，有我们自己的命，怪不得别人啊……"

刚刚的凶神恶煞都不见，英年兽被老的那头牵着，乖乖走掉了，临了，老兽回头，看我一眼，千言万语，唇未启，声先绝。

而我，独坐沙发上，浑身剧痛，嘴唇颤抖，想叫谁的名字，却又终于发不出声音。我应该叫谁呢，叫我的母亲，还是我的老师，他们都明白我，但，都骗了我。

母亲说："别去找英年兽，别去，无论如何，别去。"

这句话的意思，层层叠叠，原来是这样。

她讲给我英年兽的故事，就像当年我师讲给她听的那样，她说我就是那个孩子，她还说："你如果长成偏执的孩子，我也不怪你，都是可怜的孩子。"——这恐怕是当年，她没有告诉他的话。

但鬼使神差，谁斗得过命运，我导师，风流倜傥、心狠手辣的永安大学名教授，推门进讲堂，看一屋齐刷刷的新鲜人，于是点名，第三个，点到我的名，看见名字，出了一身冷汗，然后，就看见了我的脸，我的脸，我们都见过，和我母亲的，几乎是一模一样。

我脸皮薄，终于耐不住他再三叫我的名字又一次次回答，摔门而去，他大怒，骂我："你有种就不要回来！"——我母亲离开他时，他必然也如此暴怒，摔掉实验室所有的东西，大骂："你有种就不要回来，带着那婴孩，有种，就不要回来！"

但我回来了。

你看见我，我已经不明白你。

我们的故事，多么近，又多么遥远。

我眼前一阵模糊，但，用力掐自己的掌心，指甲刺进肉，几乎落血，我终于什么声音也没发出来。

倒是钟亮，终于回过神，第一句便问："他们行为艺术啊？"

我不由笑，世界上真有头脑如此简单的人，他一定长命百岁。

然后他走到我面前，抱我起来，说："师姐走，我抱你上车，我们去吃饭，我们去吃大补的，吃完了，就什么都好了啊。"

我看着钟亮的脸，如此年少，英俊，你说他不懂，他又好像什么都懂，什么也不问，只抱着我，说："我们去吃好的，然后就什么都好了。"

什么都好了。

一个星期以后，我接到陌生人的电话，电话中，青年男子声音哽咽，他说："他死了。一定是被他杀死了。"

我知道他说的是谁，那头英年兽，我母亲一次次告诉我的、那个姑娘甜蜜的情人、那个婴孩残忍的父亲，他活了那么久，他爱的姑娘，爱过他的姑娘，他的孩子，都死去了，现在，他终于，死去了。

那一天，是我导师死去以后的第七七四十九天。旧习中，最后一个为死去亲人焚香祭祀的日子。唱歌的孩子都知道：七七一过，亡灵永归，天人永隔。

英年兽多早逝。其祖命为死囚，卒于牢狱，命孤绝。故，英年兽散而不乱，固守其习，雄兽蓄长发，雌兽修短发，结亲于族内，万年不变。

英年兽长鳍，能于水中呼吸，背有气孔，能于土中存命。或曰：鳍与气孔皆为狱中刀伤链穿。莫知。

英年兽因其命舛而体健，且只为其至亲所伤。得传：死牢中，妇杀亲子，因不愿世代为囚。英年兽终以此为性，若人之长其子。兽产其子，父杀之，母则助幼兽亡，五六中或有一生还，幼兽长成，归，杀父母，食其肉。

万古千年，英年兽性如此，命如此，其族虽孤而韧，貌美体健，歌舞欢乐，无人可摧。

长命者多苟且，有早逝者，其年英然，此日月盈亏，天地之道也。

卷九

来归兽非兽，人也。地上有城，城中有兽，兽体臭而腥，城污而晦，人避之，寻地下大穴，居之，建大城，至此，地上只余兽，或杂，或纯，无一不是。此二者，一地之遥，千里之去，相安无事。

来归兽

来归兽匿于昼而现于夜，难得一见，无缘人求而不得，有缘者不期而遇。他们是古代盗墓贼的后代，在最后一处坟墓被挖掘殆尽后，来到了永安。

来归兽身材矮小瘦弱，目红，能夜视，指长而细。足扁平，掌心及足下有细密的茸毛，行无声。兽耳小，不善言，多口吃。肤极白，于日光之下极为刺目，夜则隐隐有磷光。此外，与常人无异。

来归兽喜静，喜食龟苓膏，黑米粥，厌恶烟熏肉和豆腐。喜砌砖块和打麻将。

永安地下有着亡者居住的城市，来归兽们就是城的修建者和维护者。大多数时间，他们在地下忙碌地工作，夜晚下班才回到地上，匆匆回家，倒头就睡。他们是永安唯一知道亡者去处的物种。

目的不明的人们四方奔走，一掷千金，只为见死去的人一面，但是否有人如愿，不得而知。

有古语云：生当复来归，死亦长相思。来归兽侍亡者，但名来归，或从此愿。

即使是寒假，永安大学中也不乏人来人往，荷塘的叶都已落尽了，层层叠叠，闲话当年。从西大门进，绕过荷塘，越过那条落满梧桐叶的大道，左转，再在第一个路口右转，那里有一棵巨大的桉树，在平原上处处都是这样的树，巨大的、杂乱的树冠四季长绿，落叶不断，投下阴影。大学生物系动物学实验室的小楼全部笼罩在这阴影中。

我师常常站在窗户前，看着那棵桉树，发呆，一根接一根抽烟。我问他在想什么，他说："从某个地方看，这桉树的树冠像某个神秘的形状。"

我刚来这里的时候是夏天，校园里的姑娘们雪白的皮肤大片而炫耀地快把我眼睛灼伤，告诉我老师，他就笑，他说："这都没什么，她们没有一个是清白的。"

我不懂他的意思，他就说："你不明白吗，我们所有的人，都是污秽而愚蠢的，没有一个人，有干净的血。"他的眼神有些神经质，看着我，突然，抚摸我的脸，笑了，说："你当然最好，永远都不明白。"

那已经是许久以前的故事了。

我推门进去——门有些旧了，发出干枯的声音——居然看见了他的背影，比一般南方人高大，头发剪得很短，穿棉绒质的厚外套，显得非常温暖。他看着远方，在抽烟。窗户上面结了一层薄薄的霜，外面几乎什么也看不见。

我深呼吸，空气冰凉，颤声，问："你回来了？"

他愣了一愣，在窗台上摁灭了烟，回头，看我，微笑，说：

“你不也回来了。”

——是钟亮。

钟亮绽开他那张魅力四射的阳光男孩的笑脸，把满室阴霾一扫而空，蛤蟆般跳过来，问我：“师姐，你来干什么？”

我哑然。

还好，未等我多说什么，小天才自答：“啊！你一定是想我了！我是一个孤独的科学家，做着毫无意义的实验。”

“科学家都是最纯粹的艺术家，他们所有的技术在手，不过为了接近一个渺茫的无限。”我师说过。

“那么，你是艺术家？”我失笑。

“晚饭吃什么？”钟亮问我。

“啊？”我回魂，“随便吃点就好。”

“说得好，”钟亮说，“吃什么不重要，重要的是和谁吃嘛。”

我连忙白他一眼，阻止他日常的自恋，“晚上，去喝酒可好？”问他，冷冰冰。

“好、好、好。”我小师弟的那点出息，掐指都算到，哪还敢说半个不字。

夜晚的海豚酒吧中，意外人烟稀少，过几天就过年，人人都回去享受家庭快乐。记得第一次到海豚酒吧是被它海蓝色的巨大海豚霓虹灯吸引，明灭未尽，似一部情色电影的开头，走进去，却了无生趣，奄奄一息的小酒吧，保守木讷的酒保，从不调戏单身寂寞的女客，只管倒酒。人们喝醉了，入刷成桃红色的恐怖卫生间呕吐就是。

我和钟亮坐在吧台旁边喝酒，酒保在另一头看电视，看得连连傻笑，只我们三人，惨不忍睹。我两杯酒下肚，低声对钟亮说："我觉得我最近快死了。"

他一笑。

在酒吧中，在这样的夜里，永安的人都会说到死亡，死亡从婴孩的身体中发芽，用一生的时间茁壮成长，终于开花，穷尽终生的力量。我喝酒，用力，缓慢，对钟亮说："我觉得我最近要死了。"

关于我生的一切，我爱的一切，都落定了。我用了自己已得的生命去明白他的故事，她的故事，他们的故事，终于了解到，我自己，并没有任何故事。

既如此，理应落幕了。

我拉着钟亮碰杯，吧台对着酒吧大门，门未关，凉风灌入，我打个冷颤。钟亮摸我的手，皱眉，说："我去关门。"说罢，站起来，走过去，关门。

我偷看他的背影，在低沉的灯光中，竟然是忧伤的，和我师的背影无比相似，那样走过去，就似再也不会相见。

"钟亮！"我失声叫他，但声音非常轻。

他并未听闻，走过去，拉门把手，关门——此时，另一名客人擦身走了进来。

客人还不到钟亮肩膀高，低着头，悄无声息走了进来，穿得很厚，带着毛帽，围长围巾。

来者走到吧台，踩着凳子爬上去坐下了，敲敲桌子，叫酒保：“喂！酒！”他的声音很嘶哑，非常难听，钟亮拉椅子坐下，皱眉毛，低声道：“说唱歌手！”

我暗笑，冷幽默到病入膏肓者，钟亮也。

但更冷幽默的人是海豚酒吧被众闲散酒客宠坏的酒保，小伙子几乎把整张脸都贴到玻璃上，冷声说：“等会儿！”

我憋不住，终于笑出声。来人转头，看我一眼。

只一眼。

他长得很奇怪，脸几乎是平的，肤色非常苍白，幽暗中发光，眼睛发红，看了我一眼。

我一惊，浑身一颤。

钟亮察觉，问我：“还冷吗？”话未落，就要拿外套给我穿。

但我未闻，呆呆看着那陌生男人，他早已经转过身去，战士般匍匐在吧台上，修长的手指有节奏地敲着，咚，咚，咚。

酒保终于走过来，问他：“喝什么？”

他一把拉住酒保的手腕，道：“跟我回去！”

酒保大惊，甩他手，却甩不掉，骂他：“你，你干什么？！”

“跟我回去！”男人的声音短粗、嘶哑，锉子般折磨我神经。

“回什么回？！我不认识你！他妈的，哪来的疯子……”酒保再呆，毕竟也到过江湖，张口三字经不停。

钟亮看势头不对，拉着我就要走，我却如钉在位子上一样，动也不动，看着他们。

钟亮急了，伸手要抱我起来，俯身叫我：“师姐！师姐！要打起来了！快走！”

酒保果然摔了一瓶子，劈头就要往来人头上打。

酒瓶子狠狠摔在吧台上。

他放了手，躲开，神情迷茫，看着酒保，说：“不对，不对，不对……”

他又飞快转头，看了我及钟亮一眼，喃喃道：“难道弄错了……”

我终于缓过神，跳起来，吓了钟亮一跳，向他走过去，叫他说：“喂……”

他一惊，看也不看我一眼，幽灵一般跳下凳子向门口移去，一闪而出。

我反应不过来，愣了愣，追出去，寒气扑面，车水马龙，哪里还有人影。

钟亮也急急追出来，骂我：“你干什么啊，让我帮你给酒钱也不用这样啊！”他拿外套给我穿上。

我呆呆站定，回首看他，满面是泪。

“怎么了？怎么了？”书呆子钟亮手足无措。

“……。”我喃喃发出三个音节。

“什么？”钟亮俯身附耳。

“来归兽。”我说。

你可带我去看亡灵吗，我死去老师的灵魂，我有那么多的话，想要问他。

可以吗。

钟亮此时居然毫无道理地爆发出科学家人品，触电一般跳起来，拉着我就跑。

“去哪啊？！”我眼泪未干，莫名其妙，问他。

“珍稀品种！追啊！”他兴奋莫名，根本不管那只鬼魅般的兽已经逃到十万八千里外。钟亮就是这种人，神经比大脑发达，一旦发作，无药可救。

他跑得极快，像童话中的长跑冠军，拉着我，在巨大喧哗的城市中，追寻陌生来归兽的踪迹。他有多么想寻到他，即使已毫无可能，但他知，我有多么想寻到他。

转过路口，我们跑入一条小路，已经深夜，人也没一个，我大口喘气，骂他：“停，停，停，我不行了。”

“不行！”钟亮脸不红气不喘，反驳我，“我一定会追到他，科学家的直觉！”

我抬脚就要踹这个蠢人，他却终于停了下来，我一个踉跄，他一把把我拉回。

那兽，在路边。

侧躺着，帽子掉了，露出干枯的头发和丑陋的脸，胸口上，心脏位置，一柄匕首没入，位置准确，俨然外科医生下手。

我还未回过神，钟亮又爆发，大喊：“不要走！”

随着他的声音，我看过去，街尾处一个身影飞快地消失了。

他要追，跑两步，我叫他：“钟亮……钟亮……”

回过身，见我跪在地上，剧烈呕吐起来，凉风灌胃，酒肉穿肠，嘴巴鼻子眼睛耳朵，七窍并用，一塌糊涂。

“钟亮……”我挣扎。

他走过来，蹲下，给我拍背，一边拍，一边看：“原来中午背着我吃了炒鸡蛋。”

我要死，一定是被这个人气死。

财大气粗的钟家向来一手遮天，第二天看凶案报道，说是都市盲流抢劫惨案，模糊照片一张，社会评论无数，草草了事，我在凶案现场留下的那堆呕吐物离奇消失。

看过报纸，抬头，看钟亮端水过来给我喝，尝一口，温度合适，不凉不热，此人真是保姆好人选。我喝水，他坐在我对面看我，皱着眉毛。

我心虚，问他：“你怎么了？”

钟亮不回答我，继续皱眉毛可夹死一打苍蝇，自顾自走过来，坐我床边，抬手，摸我额头，叹气：“你什么时候才让我放心，昨晚说一夜梦话，又高烧，终于好些了。”

“我说什么了？”我顿时紧张。

钟亮一愣，用一种我从没见过的神情看着我，他的脸英俊而明朗，眼中却带着空前的阴郁，我不敢直视他的眼睛，张了张口，要说什么，却忘了。他低头，逼近，问：“你有什么不能让我知道的？”

“没。”我答。似死刑犯。

他沉默稍许，终于抬身放我重见天日，我长舒气，见他已经变魔术般回到了那个阳光少年的找打表情，自恋地说：“你什么事我不知道啊！”

“是啊是啊。”我笑。

陌上花，少年郎，桃花枝，啼莺闹，你见我芳菲面，嫣然笑，你怎知我乌夜啼，幽梦悄。

昨夜的兽那样突兀死去，我惊，而释然，我终不得见我师，我们都是倔强的人，那一日我决定离开他，再也不要见他，就果真如此了。

又或许，我害怕看见他，害怕到那个都是亡灵的城市中，因他们对于我，都是陌生人，他们是我的父亲，我的母亲，可是，我只是他们凭空而来的婴孩，他们为什么会这样对我，我想找到他们，问他们：“你们爱我吗，爱我吗？为什么如此对我。”

但这些，都不重要了。

我知道我的生命即将结束。在这个庞大的城市，我只是一个异乡人，我师和我的母亲是唯一明白我的人，他们死去了，我将透过漫长的下水道、排水管，用湿漉漉的脚踏上我看见的第一个台阶，到那个亡灵的城市去寻找他们。

很小的时候，母亲对我讲过那个城市，是永安城中的每个孩子都会听到的。母亲说：“你要乖，不要乱玩水，否则来归兽会把你带去亡灵的城市，它就在永安的地下，而且无比庞大，你永远都找不到边界和出口，无论医院、教室、公安局，所有的建筑都是灰色的，无论冰激凌、巧克力、饼干，所有的食物都索然无味，你一去那里，就再也回不来。”

这样的故事有很多，母亲们说：“要多吃胡萝卜，要做作业，要饭前洗手，否则……”

否则……我笑了。

年幼时候，最大的灾难不过如此。

一整天钟亮都陪着我，而且不时陷入那种让我惊恐的阴郁状态，让我以为他大脑中毒。晚饭时候，他买来速冻饺子，说：“我们就在家里吃吧，不要出去了。”

我强烈反对，我说：“我要出门透透气，都被你强迫在床上睡了一天了。”

钟亮走过来，用身体优势威慑我，道：“听话！”

我不甘示弱：“你虐待长辈！”

“你为老不尊！”他反驳。

“我哪里老？！”我顿时跳起来，他居然敢戳所有女人的软肋。

被我的神情吓到，钟亮顿时投降：“好好好，出门就出门。”

楼下隔壁的一家中餐馆，贵且难吃，我为它迟迟不倒闭而惊讶，但钟亮就偏偏要在那里吃，他拖我进去，点菜，坐定，一脸严肃，我被淫威震慑。终究心有不甘，我低声咕嘟：“你到底怕什么怕。不敢出门……”

谁知，就这样也被钟亮听到，抬头，看我，声音同样低，说：“我怕你突然就从我身边消失了。”

如他，我也听见了。

我们都沉默。

我已决定，钟亮，我默默吃着最后的晚餐，我将离去，离开这个所有人为我创造的虚幻的世界，去寻找我最后的归宿，去那个亡灵的城市，即使找不到来归兽。我可死，亡者长相知，漫漫长日，无可度。

钟亮说："师姐，有人在看我们。"

我翻白眼："自恋狂，一天二十四小时无论晴天下雨，一切无阻。"

"真的。"见我不信，他补充。

"在那里，"他指给我看，"那个花坛后面，一定是的。"

"是是是，"我敷衍他，"那里有一堆你的崇拜者，流着口水拿着鲜花等你签名，我看我还是先走一步，免得同你闹绯闻。"我口中不停，手上也不停，擦嘴，拿包，起身，要走人。

钟亮一把拉回我，端端坐他怀中，有伤风化，还好在小隔间中。

他说："是来归兽。"

我寒毛倒竖。

但旋即起身，不顾身后的温暖，说："那快走啊，去捉他，捉到他我求他带我去看……"

"老师？"钟亮依然拉着我的手，挑起眉毛，似笑非笑，看我。

"不是。"我着急，要甩他手，如铁。死小孩，练什么邪门武功。

"你真当我是傻瓜？"钟亮一再延续他最近一反常态的风格，成熟稳重无比，反问我。

叹口气，手不松，继续说："我告诉你不是要你去追他，而是要你快回家，这件事情必然有些不对的地方，我还是送你回去比较放心，一切交给我，你一定在家，锁好门窗，不要乱走。”

“再说，”他亮出坏笑，“我们这么一折腾，兽早走了。”

我瞪他，气极，连说了三个“你”，竟然没下文。

他看着我，问我：“你爱他吗？”

你爱他吗。这个问题，真没想到，由钟亮问出来。而且，如此刺耳。

我呆呆地，看着这少年，我一直都以为他是少年，却不知道，他明明白白，清清楚楚，把什么都看透了，此刻，拉着我的手，问“爱吗”。

“不知道。”我回答。爱？如今？这一切之后？算了吧。

一时心如乱麻。

钟亮叹口气，拉凳子过来，说：“你坐下。”

我就乖乖坐下。

他放开手，伸手进衣领中，取下一条挂链来，朴素的红绳子，吊一个小坠子，似玉，又不是，温润的，闪烁着。

他将挂链放在我手中，说：“这是我家传的护身符，你带着它，我放心些。一天到晚出事。也给你求个福。”

我眼睛一阵刺痛，几乎模糊了，但推了回去，说：“不行的，我不能要……”

说一半，又愣住。

真正年关难过，怎知一波未平又起一波。

那坠子，在我手中，发出黄润的光芒，小小一块，不起眼，别人不认得，可我认得，那是老师的珍藏之物，上古神兽的舍利骨，我在实验室中见过它的资料图，问老师："真好看，送我可好？"他笑我："好看是好看，可世上只有一份……"

"一份又如何？"我追问。

他无奈，答："我送了人。"

"谁？"再接再厉。

"一个非常重要的人。"他说完，转身。他一转身，就是什么也不会再告诉我了。

这个故事，我并不陌生，这个故事，我前几日才忆起——去实验室途中，想到这个故事，尘华散去，我清清楚楚看到了他的背影，那珍宝，他一定送给了我的母亲，否则，对他，还有什么是重要的？

没想到，他送给了钟亮！甚至是在我都还未认识他的时候。为什么？

只一愣之间，我已经握住了那块兽骨，紧紧捏着，刺痛我柔软的掌心，我对钟亮说："谢谢你。"

谢谢你。眼前的男子，那样看着我，我几乎可以肯定，多年前，我师那样看过我的母亲，那时候他还是他那样的少年，她是那么美丽的少女，有柔软而黑白分明的眼睛，他看着她，就爱上了她。

但他们没有在一起。甚至彼此都不再提起对方。这个理由，已经无人可知。

我师弟钟亮对我微笑，捏我鼻子，说："乖，带上，这样我就放心了，这个东西很有福气。”

我心中一阵剧痛。

钻心的剧痛。他送我到楼下，我说我自己上去就好了，他迟疑了一会儿，终于同意了，他说：“那么你好好睡觉，明天我再来找你，我知道有一家在开玩具展的，一个赛一个可爱，我们去看，你喜欢什么，我都买给你。可好？”

我强忍着心脏异样的跳动，微笑，说：“好。”

他也笑，伸手，似乎想摸我脸颊，但终于没有，转身，走了：“师姐再见，你不要太想我了哦。”然后，终于，不忘耍宝，学施瓦辛格，在大堂中，当保安面，摆 POSE 装酷，念“I'll be back”。我几乎呕吐，只恨手中没凶器把他砸死。

看见我作呕的表情，他满意地离开了。

我忘记上电梯，一时看着他发呆，他的背影，的确，带着陌生的忧郁，高而且瘦，头发很短，双手放在裤兜中，恍惚中真的会认为是我师。

我再次鬼上身，张口，叫他：“钟亮……”声音非常小，他当然没有听到，还好。

转身上楼，那块兽骨，挂在脖子上，从冰凉的，渐渐变得温暖了，但还不习惯，不时刺痛我的皮肤。电梯中，我的脸，如此陌生，那是只为了我母亲存在的脸，对于他而言，就是和他爱过的那个姑娘一样的脸，而不是，我的脸。

那不是我的脸。

我再次，失声痛哭。

那一夜我睡得很晚，反复把玩着那骨，脑中嗡嗡作响，心中暗叹：我师就是我师，即使他已死，也留给我无数谜语，不让我安生。

去网上搜索那舍利骨的消息，一片空白。果然是世上独一，除了他，恐怕没人知道了。

再比较记忆中那张资料图，和眼前的骨，每个齿轮都一一合上，我知道就是它，但为什么是他？我师不给我的骨，怎么知道，最后，还是到我手上。我笑。

折腾到一点半，终于睡去，把骨挂在胸前，似回到从前，一夜无梦。

我张开眼睛，一时不知身在何处，三秒钟以后，我挣扎着爬向电话，一边爬，一边骂：“死钟亮，催魂，这么早打电话来，要不要我死啊。”

一边骂，一边笑。

那电话声很响，一声声，让我想到我师以前骂我“笨蛋”的情形，出了千分之一的差错，他电子眼一扫便知，骂我：“你是猪啊？！小时候吃错了什么药！”

他一骂我，排山倒海，眼红脖子粗，什么风流才子，什么一世倜傥，毁于一旦。到后来，我懂得自动犯错误惹他生气，看他骂我，一边喝茶一边吃小吃，当下午茶娱乐，骂完，赏他一杯茶喝。

我又笑，我想我今日一定要把这事告诉钟亮，问他有没有这样被虐待过，还有，要讹他一个巨大的玩具娃娃才好，一边想，一边接电话，问：“怎么这么早？”

但，不是钟亮。

我市名人、黑白两道都闻风丧胆的钟奎先生，打给我 Morning Call，问我：“钟亮在你那里吗？”

“不在啊。”我说。

“不在？他昨天什么时候走的？”再追问。

“晚上啊。”我继续迷糊。

“几点？”钟奎难得好耐心，继续。

“十点左右吧。”我说。

“哦，好的，谢谢你。打扰了。”电话那边礼貌用语嘴边挂，说完，断线。

我握着话筒，还未完全清醒过来，过了三十秒，终于明白他话中的意思了，尖叫一声，捂住嘴巴，抖着手，打电话到钟亮家，占线，再打，占线，继续打，还是占线。打他手机，自然，关机。

我坐不住，挂掉电话，浑身颤抖，站起来，头一晕，又坐回去，深呼吸，再站起来。刷牙洗脸穿衣服，五分钟内，冲下电梯。

门卫阿飞给我打招呼：“今天好早啊……”话音未落，我已冲出门。

打车，去钟亮家，司机先生被我阴沉的脸色影响，一路狂飙，到了，跳下来，按门铃。

开门的是钟母，一娉婷贵妇已六魂无主，我抓着她问：“钟亮……”她神情如死灰，缓缓，道：“钟亮失踪了。”

千般宝，万般宝，儿子心上宝。

钟奎出去了，钟夫人和我坐在客厅中。偌大的客厅中一个人也没有，电话线已经被拔掉，“有事会打我们私线的。”她解释。

钟亮失踪了。

这句话，是我市纵横风云的大富豪钟奎先生所言。

也就是说，钟亮是真的失踪了，我无须多问，我有理由相信，在这我毫不知情的一夜，他们已经翻遍永安城的每一寸土地，动用了我终生难以想象的人力和物力，但，钟亮失踪了。

这不是普通人家的失踪，而是在钟家，翻手为云、覆手为雨的钟家，活要见首，死要见尸。永安是那么渺小的城市，失踪简直是不可能的事情。

我陪着钟夫人等在家中，她不时看我一眼，眼中情绪复杂，风云变化，有钟仁的事情在先，这回又摊上钟亮，她扑上来咬我我都不吃惊，但她毕竟是钟夫人，坐住了，还让用人给我看茶，她说：“钟亮常常说起你。”

“哦。”我说。

“他好像很喜欢你，你们是在谈恋爱吗？”

“我不知道。”我说。

我不知道。一片空白。我师死时也无这般手足无措。他死了，尘埃落定，尸首被撞烂，埋在高档公墓，我也不想去看。他死了。我离开他已经很久，我不知道我如何回去，我知道我们毫无退路，他死了。

但钟亮……钟亮……

我怔怔，落下泪来。

钟夫人见我落泪，眼睛也红了，柔声劝我：“你别哭，别哭。”又叹气，“可惜你老师已不在了，不然，钟亮哪会出什么事。”

话音落，我头中巨响——对，老师……摸出那挂链，问钟夫人：“是和这有什么关系吗？”

她抬头看，整个人呆住了，眼中有着巨大的恐怖，一瞬间，瘦了二十斤。

她摊在沙发中，眼泪流了出来，喃喃：“他居然把这送给了你，他居然送给你，明明告诉他绝对不能取下来的……他居然……”

话未落，她闭上眼睛，声音也变了，低哑而颤抖着，说：“你走吧，不要再等了，钟亮不会回来了……我的儿，你的命……”

整个客厅幽暗而狭长，开了一个小灯，落地窗的窗棂落下巨大的阴影，钟夫人似老妇，对我说：“他不会回来了……”

“为什么？”我心中一万根针在刺，但依然问。

“为什么……”钟夫人深呼吸，睁眼，看我，一双眼睛显得格外明亮而大，她说：“我也不知道为什么，当初你老师抱他来给我们时，就说了他脖子上的挂坠无论如何不能摘下，否则，他就会被抓走，再也回不来了……”

她自顾自说着，想站起来，但又终于缩在沙发中，看着地面，低声继续：“你知道吗，他是那么漂亮一个孩子，我一看他，就喜欢他……那么聪明、漂亮的孩子……”

我愣住，几乎似化石，后面的话再也听不见，我师，已死，高高在上，似佛祖，半睁眸，看世间苦乐，我们翻不出他掌心，我觉得我被这巨大的阴影狠狠压住，难以呼吸，蒙蒙胧胧，听得开门声音，看见一个男人走进来，到钟夫人面前，听她低声和他说了什么，然后，走过来，站在我面前。

我抬头，看，是钟奎。

我招呼也不打，恍惚地问："钟亮……"

"钟亮再也不会回来了，"钟奎说，"他居然把那东西给了你……"

他看着我，眼神陷落在阴影里，我看不见他的表情，他说："你走吧。"

"刚刚你夫人说的……"我还想问。

"她什么也没说，"钟奎的声音直线一般，说，"你走吧。"

他转身，扶着钟夫人，慢慢地，走了进去。

"等等！"我叫住他们的背影，"我只想再问一个问题：钟亮是老师的孩子吗？"

他们怔住，钟奎一言不发，要拉钟夫人走，她却转过身来，答："不是的，钟亮他，是孤儿。"

说完，深深地，看了我一眼，走了。钟奎伸手，轻轻拍着她的肩膀，她显得那么瘦小。

我走在半路上，迷迷糊糊，居然已经夜了，大街上充盈着一种莫名而诡异的欢乐气氛。终于到了海豚酒吧，酒保还在看连续剧，就像一个真正的局外人。我的故事，终究只是我自己的故事。我叹气，喝酒，握着挂坠，想到钟亮之母，问："他为什么把这给了你……"

为什么？我也想问。钟亮，为什么。

答案可能很简单。但谁知道你，谁知道我师。环中有环，我无巧手，不能解连环。

记得第一次见钟亮，代我师拿信件给我，穿格子衬衣，说看过我的小说。我看他，就想：我师的新走狗一枚。

本以为是路人甲，但一次来，二次来，三次也是他。我师弟子都死绝了？我暗想。

但我现在知道不是如此，精明如我师，一切事情，都有他的道理，你送钟亮那挂坠，你让钟亮来见我。为什么？

而钟亮，你送那挂坠给我。为什么？

你是机关算尽，尽忠职守，还是，一无所知，但，爱着我？

你爱我吗？没有人爱过我。我以为爱过我的那个男人，原来爱的，根本不是我。我只是一个虚幻的生命，不知自己怎样来，也不知自己怎样去，你知吗？你爱我吗？

你知道吗，我害怕，我真的害怕，原来偌大一个城市，根本没有我的血亲，没有我的亲人，我以为是我母亲的人，根本不是我的母亲，我以为是我情人的人，也根本不是我的情人，他们都骗了我。我害怕，我害怕我就这样相信了你，就这样相信了你是爱我的那个人，就那样相信了。相信了。

我们其实是陌生人，你不知道我的故事，我不知道你的故事，我们在各自的故事里呕心沥血，肝肠寸断，却不对彼此说。

钟夫人回眸看我那一眼，一直在我眼前，她的眼神我看不懂，那样深深地，带着绝望，她说："钟亮他，是孤儿。"

你是谁的儿子，你从哪里来。钟亮，笑得嬉皮笑脸，冷幽默到我无可奈何的那个钟亮，若你回来，坐在我对面，安安静静，握我的手，把这一切都告诉我，我就爱上你。我就爱上你。不管我是不能爱你，还是已经爱上了你。

但他们说，你已经不会回来了，他们信誓旦旦，说，你被抓走了……因失了那挂坠。

是谁抓走了你。我喝下去的酒又苦又辣，毫无头绪，昨日故事电影般重放，惊心动魄，来归兽，杀手，呕吐物……来归兽！

我猛然清醒，却发现酒吧里安静得不像话，而外面吵闹得过分，可能今天是除夕了，酒保依然看连续剧，丢一瓶酒给我，任我自斟，我问他："今天除夕吗？"

他抬头，看我一眼，说："是啊。"过了会儿，又问："那个常和你一起来的帅哥呢？"

我喝干一杯，笑，反问他："你说哪一个？"

酒保笑，笑罢，对我竖大拇指，是不是夸我，我们都各自有数。

但过年，终究是过年，走在街上，到处是烟花爆竹，头头们终于开恩解禁，烟火商们憋了几年的力气，统统把鞭炮做成了小型炸药，人人都放了假，走在街上，奇装异服，欢歌笑语，谁管你是人是兽。永安就是这样一个五光十色的城市，似一个巨大的舞池，你敢上去狂欢，你就是神的宠儿。

我们都是宠儿，夜夜笙歌，不醉不归。

狂欢的嘴脸和痛苦的嘴脸无比相似，我看着他们，歇斯底里的脸，独独，没有钟亮的脸。

突然就想到我师说过的话：我们每一个，都不是清白的。

烟花绽开的时候，也会站在街上看到失神。不可思议，一瞬间那么美，巧夺天工，日月无光，那么嚣张，却又瞬间，说不见，就不见，根本找不出任何证据，还以为曾经的那些欢愉都是你视网膜上的错觉。

这个城市有那么多的人，那么多的兽，却没有一个认识我。报纸放假，连平时和我亲密无间的编辑也失踪，半个电话没有，甚至让我有些挂念。

每天打电话到钟家，问找到钟亮了吗，用人接电话，答："没有。"

夜晚时候，坐在过街隧道的入口处，等待能够看见一头刚刚自地下出现的来归兽，我一定会抓着他，问问他："有没有看见钟亮，是不是你抓走了钟亮？"

他敢不说，我逼供就是，满清十大酷刑，整死他。我什么也不怕——钟亮是被他们抓走的吗？假设是，那么那天晚上杀死来归兽的是谁，他是要帮钟亮吗？

密密麻麻，都是结。无人可解。

一瞬间我明白我师的心情，不顾一切，黑白不分，我已经什么都失去，失去才知道原来自己什么也没有，还怕个鬼。

我笑，再说，想到他，如果他还在，打个电话给他，一定就能解答我的一切问题。说不定顺道骂我一顿："白痴！这么简单都不知道。”

真那样，就好了。

恍惚，笑。终于站起来，抬手，打车，去永安大学。

我是知我师的，他若地下有知，他若有灵，他一定会告诉我什么，去他实验室中，就什么都能知道，和过去无数次一样，我坚信如此。

我相信他。

实验室中冷冷清清，一个人也没有，桉树透过窗户，投下巨大的树影，我站在那里，一瞬间，像回到从前。可那些忙碌的日子，无知的日子，愉悦的日子，都不再会有了。

我打开他柜子——锁还是一样，插入钥匙，发出响声——里面都是资料，有些蒙尘，我全抱出来，放在地上，一页页，找，找，找。

我不知道我要找什么，但我知我师总有我的答案，找。一边找，一边骂：“老顽固，死不肯用电脑存资料，却用电脑玩游戏，神经病。”

一个资料夹，三个字，火一样，刺痛我眼睛：来归兽。

忙翻开，里面有一张图片，素描，却是一个人类女子，极美，素描画得很好，必是我师所为，她看着我，唇微微启，似有万千话语要说，更瞩目的是，小腹隆起，想必是一名孕妇。

我来不及细想，又翻过去，这才是兽的画了，是教材中的三D图，一头来归兽，瘦小，脸丑陋，皮肤极白，目红，看着我，这一张图连考试背诵，看过一百次。

再翻过，却是兽骨坠链的图，当年我就看过的，只是下面写了一行字，我师的字句丑且草，全世界恐怕只有我认出，上面说，此物能发兽之恶臭，使人寻而不得——他大概语文从来就没及格过，写的什么狗屁不通，没头没尾，看得我莫名其妙。

只是头一页那孕妇，难道就是钟亮之母？钟亮同来归兽有何关系？那女人呢？

这三张图，如同当年考试最后一道大题，绞杀学童大笔智商。

再去翻，什么也没有了。乱七八糟的东西，甚至学生每年考卷都存着，真是老头。

我依然如迷途羔羊，孑然一人，孤独无助，我再一次、再一次明白，我师已死，留下干枯纸张给我凭吊，什么在天有灵，都是鬼扯。

他已经死了。千古风流，谈笑风生，一代天骄，死了，就没了。

走回家去，一路心乱如麻，头痛欲裂，我脑似那将死的386电脑，奋力读内存，细细密密，一寸也不放过。但什么也不见，只听得耳边，钟亮如小麻雀般，叫我“师姐，师姐，师姐……”，吵得我心烦意乱。

若他在，我必然回头，甩他一个耳光，骂：“叫个鬼啊！”

到楼下，大堂空空荡荡，站在中央，有一瞬发呆，想到那日钟亮在此，装施瓦辛格，说“I'll be back”，不觉双目湿润。正此时，门卫阿飞走过来，用怪异眼神看着我，说：“钟亮刚刚上去了，还……”

钟亮！

我冲出电梯门，敲门，钟亮来开门——好小子，居然有我家钥匙！——风流倜傥英俊潇洒一少年，阳光笑容依然，见我，笑，叫我：“师姐。”

我一时以为自己幻听，愣了又愣，终于，狠狠抱住他，骂他：“死人！跑哪里去了！还有胆子回来！”

钟亮也用力抱我，埋头入我脖子，答：“地下。”

恍如梦幻。若此时我醒来，说只是黄粱一梦，我一点也不惊讶。

但钟亮真的回来了，拉我进屋，关门，沙发上，躺着一人，带我过去看，说：“这是我母亲。”

来归兽。一头雌兽。

她伤得很重，在休息，呼吸不稳，皱着眉毛，极痛苦。见我来，抬眼想对我笑。

“她是……”我彻底呆住。

钟亮看我如此，拉凳子给我坐下，蹲我面前似幼儿园阿姨，低声说：“是我母亲。”

“可她是……”我不解。

“她是人，”钟亮说，“至少，曾经是。若不是她帮我逃出，我也将是这般模样了。”

我呆若木鸡，看着钟亮，明白自己此刻看起来一定蠢不可及。

兽发出一声痛苦的呻吟，钟亮连忙俯身过去，摸她的额头，低声，温柔地，说："乖，乖，没事的，没事的。"那神情竟然让我眼睛蓦地湿了。

"她怎么了？"我哽咽着，终于问。

"快死了。"钟亮平静地说。

"怎么不送医院……"说一半，自知理亏，自动闭嘴。

兽看着我，又看着钟亮，笑了，回光返照似的，发出了声音："别担心，我结束苦难，可去见你父亲……"

我们都说不出话，钟亮眼圈也红了。

兽看着我，让我过去，握着我的手，说："我明白失去爱人的痛苦，因此，我把他给你送了回来……那一夜我见你就知，你很好，味道和别的兽都不一样，难怪他喜欢……"

"别多说话。"钟亮打断她，不看我，握着她另一只手。

兽闭上眼睛，又突地睁开，双目凸出，极其恐怖，说："兽骨……兽骨……"

我醒悟过来，忙取下来，给钟亮，钟亮接过，深深看我一眼，戴上。

兽松了口气，对钟亮说："好，这样，他们永远都找不到你了……好……那里，人都太聪明，太复杂，太森然，太累，你也不要回去了……此后，你自己小心，我不能再保护你了……"

她看着我，微笑，举起手，想要说什么，突然喉咙中发出一阵异响，她的手紧紧握住了我的手，然后，松开了。

她死了。

但钟亮似乎浑然未觉，跪在沙发前，很久，突然转头看我，说：“快去坐下，你累了吧？”

我无语。

这就是钟亮，过去的事情，他只字不提。我明白他的天真不是因为他什么都不懂，而是因为他看过了，明白了，却放下了。他放得手，我放不得，我明白这个，想必我师也深深明白。

我们埋葬了兽，钟奎爱子失而复得，全家欢喜无比，虽不明就里，依然风风光光，给兽大葬了。

葬礼上，我们都在，钟亮穿黑衣服，英俊似好莱坞明星，一手抚着钟夫人肩膀，一手握着我的手，墓园的人挖开深深的土地，把棺木缓缓放下。我低声说：“她回到地下亡灵的世界了。”

钟亮笑了：“哪里有什么亡灵的世界，那下面，都是人……”

“人？”

“是啊。”他转头看我，漫不经心一笑，慵懒迷人，附耳，讲一个笑话般，说：“我们这里的，都是兽……”

电光火石，我都明白了。

闭目，回首，想起我师，原来他已经把什么都告诉了我。他说：“我们没有一个是清白的。”

他必然早就知，从他救下那从地下逃出的女子，助她产下那婴孩，并保下那孩子，送入钟家匿藏之时，他就知道了巨大谜语的答案，我们每一个人，全部，二分之一，四分之一，万分之一，都流着兽的血，发出肮脏恶臭的兽的气息。兽骨世上唯一，女子被捉回，但他藏下了那婴孩。最终，他把那孩子带到我身边，那本来应该生活在地下的人，送给我这本来无中生有的兽，在永安这个庞大的城市，我们二人，都是虚幻的存在。

我微笑，拉着钟亮的手，看见远方，墓园山下，整个城市正缓慢地沉入夕阳中，在这光芒下，城市中的一切都是那么辉煌，那么伟大，又那么脆弱，高大的楼宇，只是一些阴影。我们这里的，来来往往，生生灭灭，都是兽的故事。

何妨?

来归兽也好，人也好，他们有他们的谜语。生当复来归，死亦长相思。对于他们，那是恐怖的诅咒和灾难。是逃亡结束后的惩罚。

但对于我们，无知的，愚蠢的，这什么也不是，这只是恋人们，甜蜜的誓言。

来归兽非兽，人也。地上有城，城中有兽，兽体臭而腥，城污而秽，人避之，寻地下大穴，居之，建大城，至此，地上只余兽，或杂，或纯，无一不是。此二者，一地之遥，千里之去，相安无事。

人居地下，衣食无忧，有王侯将相，亭台楼阁，但时有性真者亡，亡者，人之亡命人依气味捕之，无一不获，后刑亡者，令居小穴中，鞭笞，食盐水，林林总总，不一而足。几年，然后亡者为来归兽也。

来归兽既成，则专为追捕之士，上地遍寻，不得不归。来归兽之名如此得，生当复来归，无人可脱。

万年来，兽浊而愚，不知己之为兽，亦不知人之为人，建其城，产其子，安于天命，治乱平战，爱恨情仇，生老病死。

人敏而智，自谓知宇宙千年天地万古事，不以物喜己悲，但作茧自缚，聪明反误，终至人心背离，亡者忧捕，捕者忧亡，惶惶不可终日。

乐乎，兽之为愚兽。哀哉，人之为智人。

后记

写完这本书的时候，三月还没到，但已经立春。小时候听见老人们说，五九六九，沿河看柳——想必就是这样的时候了。

但这城市中并没有柳树，头头们从更南的南方运来了小榕树，枝繁叶茂的根纠缠在自己身体上，终年长绿，一到冬天，劈头盖脸给树冠罩上塑料袋，风一吹，像巨大的热气球，托着整个城市，悬浮在半空中。

写作的时候我很少出门，最多去楼下超市买零食回来吃——一旦故事开始，我就会感到饥饿，无比强烈的饥饿。

熬过一个又一个的夜，拉着窗帘，不看外面，末了，躺在床上，铁一般僵硬，浑身疼痛，想来是终于不再那么年轻了。

终于，打电话给我编辑，说："写完了。我们三百世的仇怨换来今生这一番彼此折磨，终于灯灭人走。"

我编辑在电话那边笑，说："少贫嘴，发稿子过来。"

我把稿子给那边一页页传真过去，一边传，一边看，悲伤兽不笑，喜乐兽永生，舍身兽成仁，穷途兽不归，荣华兽终得轮回……章章节节，都是我自己的劫，看过去，竟然不真实，怀疑它们是否真的发生过。

永安城是我如此熟悉又陌生的城市，这里的兽永远都隐匿着自己的真实，与你坦然地擦身而过。

而我写过的兽们，我都再也没有遇见过。悲伤兽的纺织厂彻底破产，72中三个月前被解散，万古庵终于在一场CBD改造中成为了另外一幢闪烁玻璃和铝片光芒的购物大厦，至于英年兽，随着不久前发生的伤人事件东窗事发，被忧心忡忡的政府重新关回了监狱。

他们的传奇都中断了，新的传奇，没有人想再去看。

我编辑笑我："你真是扫把星。"

我不知道是巧合还是冥冥中注定，我的兽们都消失了，只留下他们给我的故事，干枯枯，瞪着双目，看着我，已是无言永失。

但故事总是故事，因是果，果是因，写故事的人总是被自己戏弄。

这本书的第一章故事是被我前世索冤的编辑大人一天三次电话软硬交加威胁而来，水电费催单成山，不得不写，我无可奈何，写了前几日听说的悲伤兽的故事，然后，自然而然，喜乐兽的故事找上门。一个，又一个，巨大的阴影就在我的身后追逐，我想停止，却终于向前。初，我局外旁观，后，我深陷其中。末了，来归兽曲终人散，我写完了我要写的故事，也明白了我自己的故事，悲喜谁同。长歌当哭。

我们所有的，都流着同样污浊的血，我们所有的，不过都是故事。

交完稿子那天下午，难得轻松，打开电视看新闻。恶狗又伤人，奸商复欺客。怪了，无论今朝还是昨夕，播来放去的，总是那么几件事。我暗自笑，想到有一个漫长的假期在，即使是这样的新闻也看得津津有味。

末了，一条与众不同的新闻终于出现：市郊精神病院发生暴动，数名精神病患者逃出，警方正大力搜捕，广大市民请小心。

镜头摇过去，精神病院中一片混乱，白袍大夫无助似另一个精神病人，说："也不知道怎么的，就跑了……"欲哭无泪。

他神情可爱，长得似我曾经的心理医生，我报复心理出头，哈哈大笑。

整个人逢喜事精神爽。

未笑完，电话响。接起来，一个陌生男人叫我的名字，说："来，我在海豚酒吧等你。"

"你是谁？"我惊问。

"小虫。"那边的人，答。

"小虫！"我再惊。曾经是神灵的舍身兽，曾经是舍身兽的小虫，被关入精神病院的小虫。

海豚酒吧，再见小虫，面容依然，一脸顽皮笑容。

我坐他对面，一时不知说什么才好，只叫："小虫。"

他倒坦然，笑，说："好。"他说："你的事，我都知道了。"

"怎么知道的？"我疑惑。

"市报每周连载。"他吐出六字真言。

我明了。永安市报，无数这里的人，周周都看我的小说，给我写信，或唏嘘，或赞叹，怒骂我鬼扯者也有之，但谁知，我写出去的每一笔，都是真的，血淋淋，是我自己的痛及恨。我大概是全天下最愚蠢的作者，把心剖开给陌生人看，但你们不懂，没有人懂，我的兽们都消失，没有人会相信，他们是真，甚至没有人会明白，我为什么给你们所有的人看——连我自己也不明白。

除了故事中的人，除了小虫。

小虫说："我来这里，是和你道别，你的这本书已经写完了，舍身兽的故事也早已完了，我也应该离开这里了。"

"为什么？"我追问。

"故事结束的人都应该离开，"小虫说，"这个道理，难道你不懂？"

"所以，是这样吗，别的兽亦然？"

"但，"小虫接着说，"我知你心中还有一个解不开的结，我来这里，是帮你解开。"

"什么？"我问。茫然。

"他们都很爱你。"小虫说。

他一说，我就明白了，呆呆地，看着他，回答了这个在我心里问了一千次一万次还是问不出口的问题，泪水直下。

"别哭，"小虫笑了，"你的母亲也是兽，她叫作景兽。他们彼此相爱，却不能在一起，更不能生育出下一代，于是一起，造出了你。"

"你知道你为什么叫作痴心兽吗？"

那一刹，我知道了，痴心兽，我师抱我在手中，说："这是我的痴心兽。是我痴心不二的兽。"

我闭上眼睛，微笑。

我的父亲母亲，他们如何相爱，又是如何不能在一起。我不知道，但也不重要，他们相爱，并且，爱着我，如此，足够。

"但你如何知道的？"我张眼看他，笑着，问。

"这是秘密。"小虫说。

这广阔伟大的城市，这来来往往的兽，这一切，都是秘密，没有人知道他们为什么来，为什么去，为什么遇见我，又为什么离开。这些，都是遥远的，宏大的，秘密。

我们以污秽愚蠢的灵魂，仰望这宏大，并，终于感激。

我送小虫出海豚酒吧，和过去许多次一样，他对我挥手，说再见。

我也挥手，说再见。

我们分别，很快隐没在城市繁复的街道中，即使再也不能相见。

晚上钟亮来找我去吃饭，庆祝我小说完稿，一边吃我的苹果，一边问我："如果我们结婚，你要粉红色玫瑰装饰还是要百合花？"

我扬眉看他，笑，问他："你这可是求婚？"

钟亮尴尬一笑。

我也笑："那么，要栀子花可好？洁白而寻常，略有芬芳。"

春天过了就是夏天，满街都是老太太在卖栀子花，五毛钱一朵，廉价而丰盈，开放就是。

夏天的时候，永安城所有的人都能看见这本书了，人或人，兽或兽，看着这些故事，说：她说的这些事，都是哪里来的？——工业城市之中，就是如此健忘。

但无所谓，我写出来，博你一笑，你一笑，笑过我所有的爱恨往事，笑尽我全部的风轻云淡，也好。

又或许，没有人明白我在写的，是谁的城市，我希望它叫永安就叫它永安，还有顺利街、长富桥，字字句句，都是我肤浅的祝愿。小说家就是这样，写下的所有稍纵即逝，隐去的全部却坚若磐石。

南方有城，城中有兽，兽有喜怒哀乐，人有聚散离合，著《异兽志》以记之。

附录

动物园的失踪

动物园刚刚建成的时候，给它剪彩的老市长已经死了。新一届领导班子还没选出，于是上头派来了副市长们给动物园剪彩。

那天的录像带还保存着，只是有些受潮了。去的副市长一共有三个，还有动物园园长也在，他们四个人站成一排，其中两位有些秃顶了，于是把头发留得很长，但因为画面的模糊和错位，站在最旁边的园长的样子，最终没有人看见。

无论如何，对于涌进动物园的孩子们来说，这些都不重要了。在动物园中心广场的最左边，可以看见第一任园长的半身像，身体前倾，带着厚厚的毛线帽，把脸遮住了大半，像一个火车站常见的人贩子——但孩子们不懂这些，他们从广场的一边飞快地跑到另一边，所有的动物园园长们就都死了。

对于当时的那些孩子，幸福的孩子们见到了永安城下另一个拥挤着亡灵的城市，他们的家人给他们烧去宽敞而崭新的房间；不幸的那些还活着，在永安东南幸福养老院的小床上，其中一位抬起头问扫房间的女清洁工："我们什么时候吃饭？"

女清洁工四十岁上下，脸色灰黄，带着蚊子可能常常有的表情，说："我怎么知道？！"

再过几天，这一位床上的老孩子将成为幸福的孩子。他怀着这个秘密，沉默地从窗户看出去。你们谁也不知道我去过动物园。他骄傲地想。

他不愿意承认的是，没有人想知道了。和任何事物一样，永安市立动物园失踪了，于是，它变得从来都没有存在过。

但，在永安第一图书馆的资料库里，可以找到动物园开园的剪彩纪录片：人们放着热闹的鞭炮，喜庆的民乐，剪彩的花球扎得又红又大，而，在人群背后，隐约可以看见大门存在的痕迹。

任何人都可以确定，那是一个属于永安市立动物园的形象。

动物园把大门做得像一个牌坊，两边有高高的飞起的檐角，在画面上方被浓缩为两个黑亮的点。到现在为止，只有永安大学的一个落魄教授在他的论文中提到过这两个檐角，以及上面所站立的祥龙朝凤。

动物园刚刚建成的时候，人人都看过那两个檐角，他们是永安城中建筑的最高点，以致住在动物园最东北角的悲伤兽们也能清楚地看见。

在永安市立动物园的兽中，悲伤兽并不是最悲伤的兽，但他们是最健谈的兽。每个孩子都喜欢在雌悲伤兽们面前徘徊，因为她们是那么漂亮。有个孩子问其中一头雌兽：你当我妈妈好不好？

雌兽说："我不能当你的妈妈。"她面无表情，但可能内心愉悦，因为她接着就给孩子讲了一个童话。但孩子不懂，他问她："你为什么不笑？"她说："因为我们悲伤兽是不能笑的，一笑，就会死。"

但这无碍这孩子终于爱上了她，以致他真正的妈妈下班来接他的时候他拉着栏杆不肯走，号啕大哭，栏中的兽们默默看着他，面无表情，直到一只雄兽走过去，给他看他腿上的鳞片，把他吓跑了。

那时候，永安城刚刚建立，从城的最西边开始，一直到城中心，都是黑压压的工业区，巨大的烟囱冒着五颜六色的浓烟，人们站在大街上望天空，摄影家们拍下大幅照片，他们说："我们的城市多美啊！"除了这些少数的闲人，大多数的市民都在工厂里忙碌着，没空照顾他们的孩子，他们上班的时候，孩子们就去动物园，和兽们一起，说话、做游戏、吃午饭。

没有人真正清楚，在动物园中到底有多少种兽，在最繁荣的时候，兽们甚至两三种两三种地住在同一个笼子里，穿着不同色彩和标志的衣服，走来走去，大声嚷嚷，索要不同口味的午饭。

因此幸运的兽是永远都不笑的悲伤兽或者浑身长满蓝色斑点的荣华兽，他们面容清秀，惹人喜欢，不幸的兽们则被人一次次问起并且忘记他们的名字。动物园园长和管理员一起来看他们的时候，这些兽提出了这个问题，他们让园长给他们立个说明牌子，免得他们一次次回答孩子们的问题。

新来的年轻管理员皱起眉毛，她比园长矮一点，穿着红色的禁烟T恤，皮肤苍白，眼神略带恐慌，看起来就像另一只发育不良的小兽，她对兽说：“这样不太好吧，你们看起来毕竟都和人差不多……”

园长瞪了他一眼，并且张开鼻孔，自豪地展示他修剪整齐的鼻毛，从中喷出浑浊的气体。在成功地感受到他作为头头的绝对权威以后，他对管理员说：“这个事情你明天就办吧。”

“好的。”管理员说，同时看了一眼对面笼子里的兽——兽只有一头，因此笼子很小，七平方米左右，一半搭着绿色的廉价塑料棚，笼子半空横着一条铁的单杠供兽玩耍。此刻兽正用手抓着单杠，缓慢地做引体向上。他发现她在看他，冲她一笑。他的脸上像斑马那样，长着绿色的条纹，除此之外，面容非常俊朗。

管理员低下头，在心里骂了一句脏话。

第二天早上，管理员起了个大早，她骂骂咧咧出了门，站在通往动物区的空旷道路上不禁一阵绝望——兽们都还在沉睡，刚刚是月初时间，也没有因为骚动发出的可疑鸣叫，只能听见风吹过铁笼的锋利之声。但她压住了这种情绪，夹着厚厚一叠硬纸板，从包里摸出一个豆沙面包，狠狠咬了一口。

吃完早饭以后，离开园时间还早，管理员熟练地走向一个一个兽笼，并且从手中抽出正确的厚纸板贴上，面无表情，只有胃部发出蠕动的声响。

兽们半睡半醒，看着她，兽长得千奇百怪，其中一头意外地像她刚刚出国深造的大学同学，她终于笑了一下，拿出牌子，贴在兽的笼子上：舍身兽。肤黑。眼微蓝。唇薄。耳垂修长，呈锯齿形。喜自残。

喜自残。她忍不住又向笼子里看了一眼，那里面的兽横七竖八，伤痕累累，睡得安详。

她一阵恶心，快步走开了，转身去贴另一个笼子的牌子——是昨天那头兽，他已经醒了，坐在角落里，在看一本书。

“你在看什么书？”她问。

“《蛋包饭的十种做法》。”兽说。

她不以为然，拿出属于他的牌子贴上：景兽。身生绿纹。有短尾。掌生倒刺。性狡。稀缺。

兽走过来，看她贴那张牌子，难以置信地抬了抬眉毛：我性格不错呀。他说。

姑娘冷笑一声，走开了，同时，又在心里骂了一句脏话。

没有特别事务的日子里，管理员大约九点钟起床。她出现在道路的尽头，面如死灰，穿着红色的禁烟 T 恤，抽着 555 烟，推着一个小车，像个贫民区的冰激凌小贩。但谁都知道，车里面不会那么简单，那里有医药包、麻醉枪、消毒水、手机、看了一半的小说、昨天就应该洗的内裤和袜子，还有，食物。

午餐时候，这个姑娘能骂出世界上所有的脏话，她一趟又一趟地送着兽的午饭，诅咒他们挑剔的口味。悲伤兽只吃香草冰激凌。喜乐兽爱香槟酒。穷途兽吃方便面就好，但不放葱和辣椒。有一些绝对不吃肥肉，还有只吃热气球牌充气巧克力的，焦头烂额，莫名其妙。

她一边把盒饭给他们丢进去，一边从嘴里低声发出绝不重复的脏话，还要抽空摸出自己的韭菜肉包子啃上一口。她脸色很白，或者累得带着红晕，嘴唇微微翘起，质地透明，虽然长得不美，看起来却很迷人。可惜抛开每月视察一次的胖子园长，整个动物园只有孩子和野兽，没有人懂得她是那么美，难怪她要骂脏话了。

而也只有这个时候，她才觉得那头阴阳怪气的景兽有几分可爱，他从不挑食，而且吃得很多，每天她最后送他的饭，然后一屁股坐在他冷清的笼子外面狂啃包子，不时吐掉里面的一些不明物体。最后喝一口水，漱口，用力把水吐在地上，绽开微弱而充满灰尘的花朵。接着她会睡个午觉，并且祈祷晚上可以吃到回锅肉，可能因为梦到了那些回锅肉，她在梦中笑得很甜。

景兽吃完了饭，洗了碗，开始装模作样地做引体向上，他做到 50 个，又趴在地上开始做俯卧撑，一边做，一边看着那个姑娘。有一天，天气有些冷，他做到一半，突然站起来，走过去，把手伸出笼子去拍姑娘的脸，姑娘醒了，神情蒙眬，在她明白过来是怎么回事并且要骂新的脏话之前兽说话了，他说："你真漂亮。"

姑娘一愣，但还是顺利地骂出了一句脏话。

说完以后，姑娘还觉得不过瘾，她虎视眈眈地看着他，把她那双单眼皮的眼睛瞪得老大，像一个流氓那样恶狠狠地说："你过来！"

兽摸摸脑袋，从喉咙中发出一声低沉的不满，但还是把头凑了过去。管理员伸出她的胳膊，狠狠拽住他的头发，把他的额头在笼子上重重碰了一下，她仇恨地看着他长满绿纹的脸，然后，吻了他。

那是在动物园失踪之前的一个优雅、安静而漫长的下午，孩子们都去参加植树节活动了，整个动物园中空无一人。女管理员穿过荣华兽长满珍稀植物的笼子，绕过通往舍身兽们发出惨叫的住所，来到堆积着铜像的中心广场。她拿出一块抹布，开始温柔地擦拭每一个铜制的男人，他们高低不定的鼻子，大小各异的眼睛，形状难明的嘴唇。她的动作缓慢，显得异常安静。

她突然听见有人问她说："请问，到男厕所怎么走？"她猛地转过头，看见了一个孩子，大约十一二岁，神情有些紧张，穿着邋遢的衣服，但头发很干净。

她惊惶地给他指了路，同时快速站起来把抹布丢在推车里，推着车离开了。

她很快地走了一会儿，终于慢了下来，接着她听见有人从背后跑过来了，他问她说："再问一下，我想去看景兽，他们的笼子在哪里？"

她压着怒火给他指了路，但这次他却不太明白，因为景兽的笼子离中心广场太远了，他说："你带我去好吗？"充满期待地，看着她黄色的工作服。

那头兽还在看那本书，把腿跷得老高，孩子看见他，满意地走过去，在笼子旁边坐下来，专注地注视着他身上的斑纹，拿出一本图本反复对照着，发出啧啧的惊叹。他显得很快乐，然后从包里摸出一块面包，掰了一块，用力地丢到了兽的面前。

兽一动不动，于是孩子不满地转过身，问管理员说："他怎么不吃呢？"

他的神情很倔强，嘴巴紧闭成一条直线，颧骨很低，脸变得苍白而绵长，因为他面容的变化，管理员吃了一惊，于是她本能地骂了一句脏话，并且说："我怎么知道？"

孩子的脸色变得更加苍白了，他看着她，眼睛瞪得很大，鼻翼急促地抖动着，好像要哭出来了那样。管理员又吃了一惊，几乎都要伸出手去哄他了，他却努力笑了，发出了属于孩童的刺耳而尖锐的笑声，然后，一句比管理员骂的脏话更脏的脏话从孩子口中冲了出来，但管理员并没听见他在说什么，那声音半途夭折，落到地上，只发出了一声灰色的巨响。

他们的身后，兽大声吹了一声口哨，合上书，捡起那块面包，吃掉了它。

孩子终于满意了，他回过头，看着兽吃东西的样子，从包里拿出一个素描本，专注地画了起来。

在管理员看来，她和孩子的故事一开始就有了结局。因此，她再也没看孩子一眼，忘记了他的样子，去别的笼子前转悠了——但事情却不是这样的，她终于记住了孩子的样子，那张忧伤的倔强的清洁的脸，她回头就能看见他了，跟在她后面，拿着素描本，身材瘦小，保持着一段永远都不变的距离。

三天以后，她终于忍不住了，停下推车飞快地走向他，努力把面孔压向他的身体，问他说："你为什么不回家？"

孩子做了一个可爱的表情，撇撇嘴，说："我决定搬到这里。"

每月月圆那几天的动物园是最让管理员焦头烂额的，大多数的兽都失去了语言能力，只能发出原始的鸣叫，此起彼伏，让人难以入睡。与此同时，住在永安城富人区的动物园园长将开着他的白色轿车前来视察工作。

园长的最后一次视察发生在动物园失踪以后，他照例起了个大早，心情愉悦地吃了三根油条，开着车穿过了大半个永安。

但在市中心的风水宝地，迎接他的不是动物园，而是新的购物广场，他站在一个翻动着的广告牌下面发了两分钟的呆，抓住一个路过的人问："动物园呢？"

那个人很茫然地看了他一眼，说："什么动物园？"

——这就是动物园失踪的经过。

但在此之前，永远没有人在园长脸上看见过那样面如死灰的表情，他下了车，把公文包丢给管理员，掸了掸裤子，问她说："一切还好吧？"

"嗯。"姑娘低着头，紧紧握着他的公文包，回答说。

园长走马观花地从园东走到园西，吃了午饭，然后和来参观的孩子们合影留念，就开着车离开了。

动物园位于永安市中心，出了门，就可以看见笔直美丽的永安大道和大大小小的其他道路，旁边的建筑都修得很高，楼宇间挂着印刷精美的广告牌，女管理员送园长出门，就看见了这令人心碎的一幕，她看着那辆白色的轿车启动，然后驶入东边那一群密集的建筑——那里面有数不清的服装店、香水店、巧克力店——同时清楚地知道，再过一分钟，无数的轿车自行车摩托车就会奇迹般挤满动物园的大门，下班的家长们将穿越她的身体冲入动物园，寻找属于他们的孩子，而再过五分钟，所有这些车辆将像它们来时那样消失，整个动物园中又将空无一人，她落寞地走回去，两条腿都垂在身体的后面，听见那个孩子问她说："今天晚上我们吃什么呀？"

她恼羞成怒，转过身恶狠狠地骂他说："吃个鬼！"

但孩子习惯了她的脾气，他耸耸肩膀，说：那么就吃方便面好了。

夜幕降临，他们吃过晚饭，管理员把孩子放在宿舍里画画，就独自到仓库里搬新的食物了——装满推车，给兽们送去他们最爱的宵夜，她的脸色越发苍白，更瘦了一些，眼睛低垂着，看不见神情。

夜晚的动物园是没有灯的，因为它空无一人，兽的眼睛发出五颜六色的光芒，看得并不真切，像一些虚弱的萤火虫。姑娘靠着推车上的汽灯走在铺着漂亮瓷砖的路上，闻到刚刚修剪过的草的味道，突然之间，蹲在地上，歇斯底里地哭号了起来。

她听见有人问她说："你想吃巧克力吗？"

她回过头，看见景兽的笼子，奇异地，他的绿色斑纹在夜晚发出桃红色的瑰丽光芒，微微照耀着他的脸，让他看起来像一个英俊而忧伤的小丑。她忘记了哭泣，不由自主地向他走过去，问他说："你是因为这些美丽的斑纹所以叫作景兽吗？"

兽笑了起来，他说：“难怪你会被发配到动物园来当管理员，大学考试没及格吧，问这种不着调的问题。”

姑娘有些恼怒，她说：“你懂什么，你根本不在我们考试重点之列！”

虽然如此，她却清楚地明白，兽的名字不会是这样来的。对于那些庞大的兽族来说，他们的来历都有着详细而冗长的记载。“悲伤兽是古代诗人的后代，荣华兽往往成为帝王的园丁，而最为神秘的舍身兽，传说甚至是远古时候的神明——但景兽……你能告诉我吗？”她问。

兽半晌没动，在管理员要离开之前他终于开口了，他说：“景兽是古代将军的后代。”

——景兽从东方来，是古代将军的后代，将军拯救了所有的军队，生，为景，故名景兽——管理员终于想起《动物学概论》里面，有过这么轻描淡写的一句。

她想要开口说话，但兽打断了她，“你要吃巧克力吗？”他执着地问，“白天有个孩子给我的。”

他们一起吃了那块巧克力，一块廉价的巧克力，甜味很重，包装的金纸发出巨大的声响。兽把巧克力递过来的瞬间，管理员触到了他的掌心，那里面都是密密的倒刺，她一惊，很快缩回了手。

送巧克力的孩子就是那个画素描的孩子，他除了每天跟着管理员在动物园乱逛，还会送给景兽一些吃的。兽和他终于达成了某种默契，他们常常隔着笼子坐在一起，埋着头各做各的事情，不时说两句话。

兽说："你为什么老是待在我这？"

孩子顺口就骂了一句脏话——跟着管理员越久，他知道的脏话越多。

兽并不介意，反而笑了一笑，埋着头，继续看书了。

管理员送午饭过来就看见他们两个这个样子，她哭笑不得，对孩子说："干脆我把你也关进笼子和他做伴好了。"

他们三个聚在一起吃了午饭，同往常一样，这里依然是动物园中最安静的角落，不远处，两头舍身兽互相撕咬着对方的身体，发出阵阵怪吼，一群孩子兴奋地围着他们的笼子，把乱七八糟的食物丢在他们身上。管理员眯着眼睛看了一会儿，吃了一口鱼香茄子，忍不住问景兽说："你为什么不表演一些节目让孩子们多看看你呢？他们会送你很多东西的。"

这次轮到兽骂脏话了，他头也不抬，说："去你妈的。"同时，吐出了一根鱼刺。

孩子坐在管理员身边吃着属于他的午饭——他从包里摸出几个面包和一包牛奶，他问管理员："你要吃巧克力吗？"

姑娘吃惊地看了他一眼，说："昨天吃过了。"

那个下午，孩子异常沉默，但除了孩子自己，没有人发现这一点，他们两个一起在动物园里面走着，不时有孩子过来问路或者买纪念品，然后在他们面前分散开来。

对于没有见过动物园的人来说，那是一个怪异的景象。在树丛或者花坛的间隙中，一个又一个大大小小的铁笼耸立着，兽们安分地待在里面，玩着分配给他们的单杠、铃铛、吊环或者别的玩具。孩子们在他们身边欢快地奔跑着，或者同他们说话，甚至在一起唱着少先队队歌，其乐融融。一个面容惨淡的姑娘推着巨大的手推车在孩子中穿行，是画面中最让人熟悉却又格格不入的事物——但是，对于熟悉这动物园的人来说，这一切，是那么的悲伤。

因此，那个孩子跟在管理员后面，突然拉住了她的衣服。她停下来，低头看他，她说："你怎么啦？"

孩子欲言又止，最终说："你要吃巧克力吗？"

姑娘无奈地看着他，笑了，她说："好吧好吧。"

——他到底还是个孩子，因此变得心情好起来——当天晚上，姑娘半夜起来上厕所，听见孩子睡在她身边，自言自语地梦呓说："你要吃巧克力吗？"

记得动物园的人已经很少了，记得动物园失踪之前那些日子的人早已经死了。因此他们永远也不会告诉人们那个管理员的故事，告诉人们她虽然不美，却是一个迷人的姑娘，她坐在台阶上，把头埋在膝盖里深深呼吸，优美雪白的脖子像鹤一样起伏着。

景兽看着这个属于姑娘的形象，继续做着引体向上，阳光照射下，他的身体投下淡淡的、半透明的影子。

他对姑娘喊着："你最近吃什么了，怎么越来越瘦？"

但她置若罔闻，肩膀坚挺地不动，然后，急剧颤抖起来。

兽看着她，保持着上下起伏的动作，几乎听不见地，叹了口气。

夜晚来临的时候，孩子入睡了，动物园像深海一样平静。管理员送完了宵夜，骂骂咧咧地在笼子前坐下来。景兽看着姑娘，问她说：“你想离开这里吗？”

她说是的。

她说：“是的，我想离开动物园，离开永安城，回到我来的城市，我的母亲在那里等我回家。”

“那么你现在为什么不走呢？”

“因为没有钱念大学，考来永安大学动物学专业时，就签订了合同，要在动物园做满一年管理员才可以。”

兽几乎是冷笑了一声。

管理员问他：“你笑什么？”

兽说：“你不会回去的。”

永安是一个大城市，各种各样的人来了就不愿意回去，它那么繁华，有高大的楼宇和富有的建筑商，有大人和孩子，有将成为达官显贵的、幸福的孩子，有成为流亡者、绑匪、妓女甚至行为艺术家的、不幸的孩子。从三环到五环，再到六环，毫无疑问，最终有一天，永安会成为一个最大的城市，成为一个同国家一样巨大的城市，再占领漂浮在海上的整个陆地，因此，连动物园中的兽也明白，没有人可能，或者愿意离去。

管理员揉了揉刘海，她说：“可我怕一个人在这里。你不害怕吗？你也是一个。”

兽说："不是的，以前我们有两头，你来之前，死了一头。"

"哦。"她说。

"喂。"兽伸出手拍了拍她的肩膀——即使穿着厚厚的毛衣，管理员依然敏感地感觉到他掌心的倒刺。她一缩肩膀，转过头去，问兽说："怎么？"

兽说："我可以吻你吗？"

她眯着眼睛看他，一层温柔的桃色光芒笼罩着他的脸，她迟疑了一会儿，点了点头，说："好的。"

她闭上眼睛，没有看见那个孩子，但兽看见了，孩子在远处的推车后面，小脸绷着，等着她，灯为他投下寂寞到几乎看不见的影子。

那一天晚上，不仅是那一头寂寞的景兽，所有的兽都闻到了空气中不安的气息，冬天就要来了，冬眠的兽在储备着最后的体力，而醒着的那些在盘算怎么度过这个漫长而空白的季节。

他吻了她一会儿，甚至大胆地伸出手，抚摸着她的身体，铁栏杆冰凉，贴着他们的脸。远处一头悲伤兽的鸣叫让她浑身一颤。她觉得一阵虚弱，好像身体里面所有的器官都在萎缩。她抬起苍白的脸，问景兽："我会死吗？我觉得我就要死了。"

兽笑了，他说："你不会死的，只是冬天要到了，你可以睡得久一些。"

直到动物园中迷路的孩子越来越多，兽们才发现，管理员失踪了。但最晚知道这个消息的注定是那些骄傲的兽——他们有来自游客的食物，永远不会觉得饥饿。但寂寞的兽们早早发现了管理员的消失，在舍身兽的笼子对面，那头景兽已经三天没吃东西了，他躺在地上，一动不动，似乎陷入了土地。

一头舍身兽，用被自己咬得血淋淋的双手抓在栏杆上，问他说："喂！你要吃巧克力吗？"

他毫无响动。

几个孩子跑过来看他，发现他还活着，发出缓慢的呼吸。他们看了看牌子上的名字，大声叫他说："景兽！景兽！"

他依然一动不动。

他们扔石头去打他，一个大一点的孩子说："快起来给我们讲个故事，不然我们一起玩木头人的游戏好吗？"接着，一个孩子惊叫起来："他的眼睛！他的眼睛！"

兽的眼睛中流出了气味浓烈的绿色液体，孩子们吓得跑开了。

过了两天，动物园里面完全乱了套，兽们惊恐地走来走去，问每一个孩子说："你们帮我们去找找管理员好吗？我们不知道她到哪里去了。"同她最亲密的那几个开始骂脏话。

但那头景兽依然躺在地上，肚子渐渐隆起来，像一个孕妇。

动物园失踪的前一天，那个画画的孩子终于出现了，他长高了很多，看起来像一个大人了，但脸上依然带着忧伤而倔强的表情，皮肤上有着淡色的绿色斑纹，站在笼子旁边，静静看着躺在地上的景兽。

他叫他说："喂。"

他终于张开眼睛，面容疲倦，他说："我要生产了。"

“我知。”孩子翻个白眼，骂了一句让人熟悉的脏话。

在动物园失踪前一天，去了的孩子们都听到了人生中最多的脏话，很明显管理员的不良习性传播得很远，以至在很多年以后，这些孩子长成了大人，他们成为了永安城历史上最喜欢骂脏话的头头。随着景兽的腹部隆起和浑身发出的恶臭，敏感的兽们被触动了最脆弱的神经，他们抱着头走来走去，或者沉默，聚齐在一起焦虑地对望，再也不逗孩子们开心了，除了管理员，所有的兽都在等待新的管理员或者园长的出现，但是，一个人也没有。

兽们都有一种强烈的感觉，那就是自己被抛弃了，不久以后这一块最后的绿地就会成为新的商业基地，为城市经济的发展添砖加瓦。而他们会成为童话书里的传奇。

但这一切，都是幻觉。

到了下午时分，一队穿着黄色工作服的人出现了，他们给兽们送去了食物，帮助他们打扫了笼子，在公园各处出没，忙碌着什么。一组庞大的车队开进了动物园，里面有建筑工人，医生，教师，警察，还有上头来的红头文件。

景兽的笼子终于被打开了，几个医生冲进去，翻看景兽的眼皮，捏他的手腕。

奇异的是，这一切都是在静默地进行着，无论是孩子还是兽们，都像神灵一样，默默地注视着这些有序的忙碌。

那一晚，兽们都睡了一个安稳觉，即使冬天的气息已经在鼻子上，动物园中的草木发出萧瑟的声响。画画的孩子依然没有离开，他同景兽睡在同一个笼子里，就像管理员说过的那样。

景兽抓着他的手，挺着肚子，不时发出痛苦的喘息。

天亮以后，动物园就失踪了。

它的确是失踪，因为永安市民没有人觉得它是消失，他们总认为，动物园还在世界上的某个地方，只是它太深，又太广，潜入以后，只得绵长安静地呼吸。

那些艰难的时候终于过去了。

老人们在动物园中度过了他们最后的童年，接着忘记了自己曾经是孩子，关于他们同动物园的照片被保存在市政府的某个秘密资料库中，只有拆毁了动物园的人才能看见。

兽们，依然生活在现在的永安，他们可能是新的纺织工人，大学教师，医生，包工头和监狱长。他们有自己的房子，社区，寺庙或者教堂，可以有选择地同人类通婚，进任何医院看病，购买特效药，甚至接受极为机密的改造手术。一个永安市民永远不会对在街上擦身而过的一头兽多看一眼，无论他的皮肤是黑色的，还是鼻头上刺出尖锐的兽骨。他们对他们毫无兴趣。兽们见不到孩子，迅速就老了，老了以后，躺在养老院中，问扫地的清洁女工："什么时候吃饭啊？"

女人很粗暴地说："我不知道。"

他将在几天之内死去，平静地死去，服用药物，不再生育。他曾经是那个画画的孩子，现在是一头年老的景兽。他可以告诉人们很多很多动物园的故事，但对于他来说，动物园的故事及失踪毫不重要，对他而言，重要的是那个最后的女管理员，以及他缓慢吸食她内脏的夜晚，与自己的同类一起，把她最终吃掉的夜晚。

但他将骄傲地把这些带进坟墓，在永安大学生物系动物学的任何一本专业图书上都只能找到关于景兽的简略记载：身生绿纹。有短尾。掌生倒刺。性狡。稀缺。他们是古代将军的后代。景门为生。

而正因为如此，他们是饮血食肉的胜利者，幼兽饮人血才能长成，成兽食人肉而孕。

兽躺在床上，想着这些，那个打扫卫生的女人就凑过来了，她扫着他的床下，骂他说："我说你多少次了，不要把垃圾丢在床下面！"对这个女人而言，这些才是重要的。

在三十分钟车程之外的永安大学，新的生物学教授正在看老教授留下来的论文，同任何人一样，他跳过了关于动物园的大门装饰和檐角上的朝凤兽那一段，而把注意力集中在了由老教授亲手接生景兽的那段——那只兽浑身的皮肤终于变得透明，可以看见他身体中生长的幼兽，泡在绿色的液体中，还没出生，已经大约人类孩童七八岁样子。最后，兽破开了，像一个灌满水的气球爆炸了，皮肤裂开，绿水漫出，人们从中抱出那只瑟瑟发抖的小兽，是一只雌兽，还没有长出任何斑纹，皮肤很白，虽然面孔不是很美，但不知道为什么，非常迷人。

他无比兴奋，决定去寻找这只小兽，她应该已经长大了，在整个巨大的城市中隐匿着——他关心的，也就只有这些，他不会像无聊的小说家们，去寻找动物园失踪的故事，因为这其实比吃饭还简单：上头看上了市中心的这块宝地，决定修建商业中心，并且让里面的兽都出来生活，创造新的社会生产力。谁都可以想象，贵人们为这个伟大的历史性决定几乎失眠，就像很多年前他们决定修一座长长的城墙保卫我们的国家那样。于是他们说，拆了动物园！动物园就失踪了，并且，就像他们决定让其失踪的一切东西，鲜有人提起。

动物学家们不会相信，贵人们不会相信，建筑商们更不会相信，小说家竟然如此无聊去真的写了整个故事，但他们不明白，小说家关心的不是失踪的动物园，而是动物园失踪之前最后被政府暗中安排给野兽们的牺牲者们和情人们的故事——所以说，贵人们讨厌知识分子，讨厌小说家，讨厌诗人，讨厌挂羊头卖狗肉的含沙射影。

实际上，这所有的一切，都是不重要的。永安城还在，永安城的人们还在，兽们还在，工厂还在，经济增长值还在。即使动物园失踪了，又有什么关系呢。

唯一的一个问题——但已经没有任何人会去关心了——那就是，动物园失踪了，那么以后，孩子们应该去哪里度过漫长的白天呢？

重建动物园

这一切都不是真的。

和人们所熟悉的故事，相去甚远。

凶猛暴虐的孩子们，孤独自卑的孩子们，在大街上低头歌唱：

“小牧人离开家乡，小牧人回头张望，小牧人不会变老，他将带回成群牛羊。

小牧人漂洋过海，小牧人翻山越岭，小牧人不会变老，他带回了牛羊，丢失了家乡。”

一边唱，一边往对街窗户扔石头。

石头扔过去，玻璃戏剧化地碎裂了，噼里啪啦，孩子们还没唱完他们的歌谣，就逃跑了。

一

他们跑掉了，窗户还在，玻璃落下的落下来了，碎的碎了，残缺的，长在窗棂上，但这于事无补。

几分钟以后，玻璃匠夹着一块新玻璃来了，他戴着白手套，取下了旧玻璃，装上了新的，用随身带来的毛巾擦了擦，收了钱，走了。

他走出了那个单元，街上一个孩子也没有了，他伸出手，微笑着，像是要和谁打招呼，停住的却是一辆出租车，他把碎玻璃扔进了路边的大垃圾筒，钻进了狭窄的车厢。透过出租车的玻璃，可以看见他很小心地脱下了手套，像要去赴一个重要的约会。

一个多小时以后，出现的是一辆垃圾车，开车的年轻人戴着白手套，嚼着口香糖，旁边的位子上坐着一个姑娘，戴着鸭舌帽，看不清楚样子，她双手抱在胸前，似乎注视着前方。

垃圾车猛地停住了，姑娘跳下车，走向垃圾桶，把它推到了后车厢旁边。然后桶哗啦啦地被拉上去了，姑娘站在下面，仰头看着那个桶的底部，那里什么都没有，只投下一个阴影，阴影越过了她的脸庞，阳光射在她的眼睛上，她皮肤很白，长着小雀斑，眼睛不大，鼻子俏皮地微微翘起着，像一个忧伤的小丑，没有人来得及或者说愿意赞叹她的样貌，只听得玻璃发出的一阵巨响。

做完这些工作，姑娘又把桶重新推了回去，她下意识看桶的内部，乌黑一片，残留着纸张、果皮，以及别的湿润的物品。她什么也没说，跳上车，让小伙子把自己和垃圾带走了。

整个工作持续了一个上午和半个下午，中途他们两个人停下来去吃盒饭，小伙子吃了五块钱的盒饭，姑娘吃了八块钱的。她终于取下了帽子，头发伸长出来，原来是微微卷曲的，乱七八糟落到她的耳朵上，她就用手指把它们拢到耳后了。下一秒这两根手指掰开了卫生筷，她问她的同事：“今天什么时候收工啊？”

他说：“快了吧，还有一条街了。”吃饭的时候，垃圾车司机也不取下他的白手套，好像根本忘记了这个物件的存在。

很快，他们吃完饭站起来，重新爬上垃圾车，司机从方向盘上拿下之前粘上去的口香糖重新嚼了起来，姑娘重新带上了帽子，一切又恢复了原来的样子。

他们开过那条街，把所有的垃圾席卷一空，然后直接开上了三环路。整个永安城都知道春天要来了，头头们也要来了，道路中间的绿化带上种了蝴蝶兰和郁金香，但他们没有看到这个，只是一脸严肃地开着车，出了三环，上了大建路，然后左转，到了永安市垃圾厂。

车开到指示的地方，翘起屁股，气吞山河地把垃圾倒了出来，他们没有回头，开着车，走了。

姑娘跳下车三步跑进了办公室，垃圾厂是一个废弃的木材厂改建的，办公室也非常旧了，墙壁上有些来历不明的斑纹，办公室主任正坐在电脑前面打游戏，看见她来了，连忙关了窗口，对她说：“出大事了，你知道吗？”

姑娘走到饮水机旁边，喝了一口水，说：“什么事啊？要涨工资？”

她满不在乎的口气甚至无法到达主任的脸上就在中途逃跑了，溜出窗户，看见遥远的还未分类的垃圾中那几片玻璃正反射着最后的阳光，整个院子都是雪白雪白的。

主任颤着声音大声说：“我们这要关门了！”

姑娘吓了一跳，终于看了主任一眼，就在这时，厂长带着两个副厂长风风火火地走进来，对主任吼道："快去把人都叫来，开会了！开会了！"

开会的过程全永安都是一样的，姑娘坐在最后一排，昏昏欲睡，直到坐在她旁边的司机把复印的文件递给了她——他还戴着白手套。姑娘一看，文件的开头是：关于重建动物园的001号文件。

她大概浏览了一下，内容是这样的：永安城决定重建市立动物园，经过周密的选址，确定动物园将在现在的垃圾厂上建成，因此要立刻拆除垃圾厂，原垃圾厂厂长升为动物园园长（局级待遇），以下照此成为动物园员工，工资普调一级。

姑娘愣了，拉了拉司机，问他："开玩笑的吧？"

司机还没回答，厂长，或者园长就不高兴了，说："后面的不要说话！今天就是我们重建动物园的第一次筹备会！你们要紧抓业务，狠抓业务，争取早日成为合格的饲养员！"

过了三个小时，姑娘捏着文件走到新的垃圾堆边，大声念了一次文件，玻璃虽然碎掉了，依然懂得这些只言片语，但很快，她撕掉了文件，撕成两半，然后不负责任地往垃圾堆上一丢，走掉了。

有轻微温暖的南风，文件若羽毛般降临到玻璃之上，把他们完全覆盖了。

玻璃的故事，也就结束了。

二

第二天，小说家刚刚起床就摔了一跤，他倒在地板上，屁股朝下，脸朝上，面无表情地看着天花板，过了很久才爬起来，好像自己刚刚醒来，他站起来，就看见那块石头在地板上，宁静而宽阔。

他不由低声诅咒了一句，拣起石头，把它扔进了垃圾桶，桶里面一阵乱响。

下一步他的屁股再次坐到沙发上，拿起昨天晚上剩在那里的半包饼干吃了起来，然后，打开了电视。

电视里面在播放一个纪录片，那是很多年以前永安动物园的盛况，剪彩典礼上，足足去了三个副市长，小说家敏锐地发现至少其中两个都是秃子。除了市长，动物园中还有孩子，他从没见过那么多孩子聚集在一起的盛况，他们尖叫着，到处跑来跑去，和笼子里的兽们微笑，对话，共进午餐。到了下午，他们的父母下了班，就来接他们回家。

末了，电视台采访了教育局局长，局长说："现在我们决定重建动物园，就是为了把这种和孩子良好沟通的平台重新搭建起来，恢复城市的优良风格，甚至可以开发新的旅游景点嘛。"

被他抢了话的旅游局长一脸不高兴，接口说："这个问题我们正在商量，相信很快就会有一个班子来负责动物园的开发了。"

一堆人浩浩荡荡发言了，最后被拉出来的是动物园园长，他穿着一套深蓝色的工作服，戴着鸭舌帽，看起来像个人贩子，他有些羞怯，但还是说："我们一定会把重建动物园的工作做好，不辜负大家对我们的期望！"

小说家坐在沙发上，终于哈哈大笑了起来。

他笑了一会儿，准备换个台，却看见了还是关于垃圾厂的动物园的一组镜头，里面出现了那个戴着帽子的姑娘，她是未来的动物饲养员，她站在垃圾堆边，撕着一张纸，神情很悲伤。

他看不见她的脸，但他知道会这样，她就是这么悲伤的姑娘。

正在这个时候，小说家听见垃圾车开过来了，同样的速度，然后在楼门口停了下来。

小说家触电一样弹起来，从垃圾桶里面提出垃圾袋，穿着拖鞋就往楼下冲，一边跑，一边蘸着口水用手指梳头发。

他冲出楼门口，就看见了那个姑娘，她正埋头推着垃圾桶，他大叫说："等等，等等！"

姑娘吓了一跳，看着他，嘴微微张开着，配合着她的鼻子，像一个中世纪的木偶，小说家有些害羞，压低了声音，提了提手中的袋子，说："我还有垃圾要丢。"

姑娘微微一笑，侧身让他走了过来，把整个袋子往垃圾桶里一丢，毫无疑问，最先着底的是那块石头，在一层塑料之隔的地方，是一个发黄的、女人的文胸。

小说家看见那个文胸，脸有些红，讪讪地，说："今天你们很早啊。"

姑娘又看了他一眼，他比她高半个头，因此，她看不见他头顶上那些被他精心整理了的头发，只看见他额头前面那些依然桀骜不逊的头发，她面无表情，也不知道是在生气还是就是放松，说："明天就不来了。"

他吃了一惊，手不知道放在哪里才好，问姑娘："为什么？"

"我们那要修动物园呀，"姑娘卷着舌头说，"没看见报道么？要全力参加建设工作了，收垃圾的事，管不了了。"

小说家几乎要耳鸣了，看着那姑娘，忍了又忍，终于问她："那，那垃圾怎么办呢？"

姑娘看着他，真的要笑出来了，她说："垃圾总有人收啊，就算不收，也就是坏掉了，也就是垃圾而已啊。"

小说家还想说什么，但司机等得不耐烦了，短促地敲了敲玻璃，探头看了他们一眼。

姑娘点个头，埋头推着垃圾箱向汽车走去了。

小说家不知哪里来的勇气，终于跑了过去，但他什么也不说，只是注视那个姑娘，巨大的车辆一边投下阴影，一边把那块石头连着垃圾甩了下去。

他们落入它柔软的腹中，悄无声息。

她转头看着这个男人，有些莫名其妙，于是她说："再见？"

"再见。"小说家说。站在原地，像一个古代忠诚而渺小的骑士那样，看着另一个男人开着车把他心爱的姑娘带走了。绝尘而去。

在这个故事里，没有人关心石头的遭遇。几个小时以后，它躺在新的垃圾堆上，毫不起眼，几乎根本难以发现了。

不远处的门边，动物园园长带着几个专家走了进来，请他们参观了整个垃圾厂，让他们给动物园的建设工作提点意见，专家们没有走近垃圾堆，他们远远看了一下，就转身进了办公室。

办公室里面，姑娘正在抽烟，主任不在，电脑开着，播放着一段屏保画面，看见有人来了，她只是抬了抬眼，然后埋头，继续抽烟。

厂长狠狠地咳嗽了一声，姑娘终于掐掉了烟，坐起来，顺手拿过旁边一本杂志，看了起来。

专家们最终决定只谈动物园的事情，于是坐在离姑娘很远的地方，围着一张崭新的办公桌拿出笔来，和园长说着些什么。

姑娘没听见他们说什么，她专注地看着杂志，上面有一篇小说，小说无聊透了，讲的是一个男人每天等人的故事，他站在窗户旁边，剪指甲，挖鼻孔，看对面街上的孩子唱歌，坐下来写小说，喝咖啡——总之，一塌糊涂，她简直不相信这居然会是一篇小说。

虽然如此，她还是看了下去，看到最后的时候，他等的人终于来了，她是一个开着垃圾车的工人，戴着火红色的帽子和大墨镜，穿着超短裙——姑娘笑了出来，毫不顾及房间中男人们的感受。

厂长终于忍不住，咳嗽了一声，阻止了姑娘的笑声，说："你过来看看这几个方案，也说说自己的想法。"

姑娘去看了，专家已经拿出了图纸，好几张图，是关于动物园的规划图。

这些图画得比刚才的小说更无聊，姑娘坐在那里，不由地就去想刚才的小说了——比起建筑图，还是故事比较有趣。“但，会有人喜欢看才怪呢。”姑娘嘀咕。

还好，没有人听见她的话，不然会以为这是对未来动物园的诋毁。

在她这么想的时候，毫无知觉地，动物园的图纸被定下来了。

三天以后，巨大的推土机来了，把所有的垃圾一卷而空，大地上空旷而沉寂，只有最湿润的那些粘连了下来。

那块石头当然没有被留下，关于它的踪迹，再也没有人知道了。

三

全永安的人恐怕都听过小牧人的歌谣了：“小牧人离开家乡，小牧人回头张望，小牧人不会变老……他带回了牛羊，丢失了家乡。”

玻璃匠在自己的店门口坐着，又听见了孩子们在唱这歌，他曾经也是孩子，他也唱过这个歌，大人们问他，你为什么老是唱。他说：“因为很悲伤。”

那时候，每一个孩子都唱这歌——从长顺街最昂贵的好妈妈双语国际幼稚园到鹦鹉巷最便宜的第五托儿所，老师们都会弹着琴教孩子们唱，唱完歌就可以吃甜点了，无论是高级的慕丝蛋糕，还是葱油饼干，食物总是弥漫着神秘的芬芳。

厌食的孩子当然有，为了讨好某个可爱的男孩而谎称舌头生病不能吃饼干的女孩也不少，这些没有吃甜点的孩子们最终成为了凶猛孤独的孩子，在大街上，走来走去，来来回回，唱小牧人的歌。

这些孩子忘记幼儿园，他们长大成人，又忘记了曾经是孩子的所有生活，成为了玻璃匠，坐在大街上，等待唱歌的孩子们，把一扇扇玻璃打破。

玻璃匠想到这里，就笑了，想到生意要上门，他得意地站起来，擦了擦手，走进店里面，电话就响起来了。

电话是包工头打过来的，他问他说："我这里有活你干不干？"

"什么活？"玻璃匠问。

"装修，一天八十块，活简单。"

"听孩子唱歌平均三天一次，装一扇窗户平均五十元。"玻璃匠这么一想，就马上答应了。

当天下午，玻璃匠听着孩子们的歌声，坐上了轰隆隆的大卡车，他撅着屁股爬上去，脑袋里不停地回荡着那歌的调子，想着："这些孩子们什么时候才会打碎今天的窗户呢？"

在车上几乎有全城所有的手艺人，木匠，泥水匠，瓦匠，铁匠，焊工，花匠，形形色色，都戴着着白色的手套。他们出了三环，上了大建路，左转，来到了未来的市立动物园。

整个垃圾厂被夷为平地，像一个秘密，隐藏在暗处。整个工程已经开始了，铁匠和焊工负责做笼子，泥水匠和花匠负责绿化，木匠建设公益设施，瓦匠和玻璃匠则负责动物园大门的修建。

三个卡车浩浩荡荡载着匠人们开进了昔日的垃圾厂，他们首先充当群众演员，填充了动物园奠基剪彩典礼上的头头们后那空白荒凉的背景——从永安往北，就是轰然的山川，巨大的车辆肮脏轰鸣着，载着高高的货物，从外面的马路上开过，撒下来自远方的尘土和种子。

头头们心怀鬼胎，面色坦荡，站在一堆来历不明的男人面前，宣布："永安市立动物园正式破土动工。"

玻璃匠听着他们的声音，一阵头晕，脑袋里面又响起了孩子们的歌，等到他发现过来，他已经低低地唱出了声。

一个站在他前排的姑娘突然回过头，看了他一眼。他吓了一跳，马上闭上了嘴。反倒是那个姑娘，雪白着皮肤，卷曲着头发，轻轻哼唱起来，似乎身体也在摇晃，美丽极了。玻璃匠有些茫然，他想伸手拍这姑娘的肩膀，和她说些什么，典礼却结束了。

工人们作鸟兽散，各自做工去了，看起来，像某个远古遗址的发掘现场，动物园长在这时候大声赞扬说："这样的施工方式又复古，又环保，很切合我们动物园的主题啊！"

他这样一说，连玻璃匠都啼笑皆非，转过头，看了他一眼，这一眼他不只看见了头头们，还看见姑娘跟在队伍的最后面，漫不经心地抽着烟，似乎还在唱着那首歌，和那些街上的流浪孩子一样，一唱就停不下来，除非打碎了玻璃。她发现了他，就对他笑了，她的笑容看起来非常美丽。

现在小牧人的歌是姑娘在唱了，她就是那个收垃圾的姑娘，她唱着那首歌，看着那个头发乱蓬蓬的玻璃匠一边看她一边心不在焉地做工，有些心满意足地又笑了一次。

工地有一个临时搭建的指挥中心，用特殊材料板架成了房子，其中一应俱全，主任依然可以在他的电脑上玩游戏。姑娘走进去坐了下来，拿起一本杂志，等待下一次开会。

司机不知道什么时候进来，坐在了她身边，他已经不是司机了，穿着灰黑色衬衣，别着永安市立动物园的工作证。他坐下来，喝了一口水，递给姑娘，笑她："还唱这么老的儿歌？"

"管我。"姑娘瞟他一眼，低头继续看杂志。

杂志还是那本杂志，司机凑过头来搭话："这本杂志里面有一篇小说挺好看，你看了吗？"

说着，拿过来，翻给姑娘看。就是小说家写的那篇。

姑娘毫不客气地笑了出来，"哪里好啊，"她说，"无聊死了！都不知道他为什么等那个女的！"

"是因为他爱她呀。"小伙子说。

她愣了愣，回过神，问："什么叫爱啊？"

他看着她，嘴角动了动，但什么声音也没有发出来。

在她就要绝望以前，他说："我也这么等过一个人。"

"谁啊？"

"小牧人。"他说。

"或许每个孩子都相信，真的有这么一个小牧人，小牧人离开了故乡，寻找牛羊，孩子们站在城市最高的钟楼上，看着最远的那条路，焦急地盼望着可怜的小牧人归来，他们是一群人，或者一个人，无所谓，但最后所有的人都忘了，只有一个孩子留了下来，即使长大了，也还惦记着小牧人的归来。”

姑娘瞪着眼睛听司机说了这番话，鼻子上甚至有些湿润，看起来可爱极了，他温柔地看了她一眼，说：“最后一直等着小牧人的孩子，才懂得什么叫作爱。”

末了，不等姑娘反应，他从椅子背上揭下他刚刚粘上去的口香糖，丢进嘴里，站起来，走了。

她呆呆地坐了一会儿，终于听见园长说：“开会了！”

她第一次这样欣喜无比地站起来，庆幸终于可以摆脱刚才的问题了，她站起来走过去，想要再唱点什么，却发现突然忘记了歌曲的调子了。

在这一天之内，这歌再也没有任何人想起来过。他们开着会，分配着任务，积极争论着，建设动物园美好的未来去了。

四

剩下的就只有故事了。大多数时候，故事都很孤单。它们歪瓜裂枣似的，永远都是中途折断了的故事，不然就是发展得太久，终于死去的故事。

下面这一个故事哪个都不是，它并没有走得太久，也不是来得突然，故事的开始，是动物园园长说：“明天起你们就出去找些兽吧！”

没有人知道他为什么说出这句话，也没有人知道他是怎么想的，你怎么能明白头头们的想法，总之他一张嘴，这个故事就这么蹦出来了，口水一般，溅到众人脸上，抹不得，笑不出。

姑娘算是那唯一一个笑出来了的，园长瞪了她一眼，她毫不在意，摸出一支烟，点上，猛吸一口。吐出一个漂亮的烟圈之后，姑娘问他："你是要驴子啊，还是喜欢骡呢？"

这回轮到司机笑了出来。

无论如何，故事是这样的，第二天，姑娘签了到，就骑着自行车穿过正在修建的公园大门上街去了，大门的主体是一个镜子拼成的柱子，玻璃匠正辛辛苦苦锯着玻璃，看见姑娘出去了，点头示意。

姑娘却有些失魂落魄，真的要找兽们，她才发现并没有在永安城里见过任何兽，猫也没有，狗也没有，牛也没有，马也没有，更不要说狮子大象。她在三环路上茫然地骑着，花都开了，郁金香已经凋落，但她依然没有看它们一眼，终于，她进了二环，循着他们昔日收拾垃圾的路程，走到了住宅楼前。

远远地她看见了小说家，她几乎是一眼认出了他，他愁眉苦脸，坐在一大堆包扎整理的垃圾袋中，蓬乱着头发，这次姑娘轻易就看见了他的头顶。姑娘骑过去，下了自行车，走到他身边，叫他："喂！"

他抬头，看见姑娘，笑了，他说："你来收垃圾了吗？"

她今天没有戴帽子，人人都可以看见她的头发，因此她有些不好意思，她说："不是告诉你了吗，垃圾丢掉就是了，你守着它们干什么呀。"

他不闻不问，抬头看她，站起来从屁股下面摸出一本杂志，他说："这里是我写的小说，你看看好吗？"

姑娘一看，终于骂了句脏话。她说："我看过了。"

"看过了？"

"很无聊。"她说。

小说家又蹲了下来，埋着头，她以为他就要哭了，俯身过去，问他："你怎么了？"

他抬起头，满脸笑意："我也觉得很无聊。但是小说家不就是把无聊的故事写在书上吗，否则你去看都市报社会版就是了，天天有惊喜。"

姑娘一愣，也蹲了下来，隔着一大堆亮闪闪的垃圾袋看着他的脸，她不想和他讨论小说或者艺术，只是问了一个看起来毫不相干的问题："你喜欢我吗？"

他还来不及回答，姑娘又问了另一个问题："你知道什么地方有猫狗什么的吗？"

他长长舒了一口气，迫不及待回答了她的第二个问题，他说："我翻过好多史书，永安刚刚开始建设工业城市的时候，就把动物都赶到很远的地方去了，你不知道吗？"

她睁着眼睛看着他，虽然不大，但是黑白分明，鼻子微微翘着，像一个婴孩，她对这些所有的，的确一无所知。

他问她怎么了，她就把事情对他说了，他沉吟了一会儿，问她说："如果找不到动物，会怎么样呢？"

她说："会被开除的。一旦失业，就再也找不到工作了。在永安，人人都只有一次机会。”她毕竟还那么年轻，看着眼前这个男人，他等了她那么多天了，脸上也长出了胡子。

他说：“那么，我跟你回去吧。”

“啊？”姑娘一愣。

小说家笑了，伸出手给她看，他说：“你看，其实我不是人，我是兽。”——他的手上，分分明明，长着第六只手指。

到故事结束的时候，动物园当然已经建成了，除了小说家，笼子里还有别的职业者，他们被按照不同的特征分类了，取上不同的名字，关在笼子里，饲养员送他们营养午餐，他们陪全市没有父母照顾的孩子们聊天，玩游戏，度过一整个白天。

这个故事其实是小说家写的，他在笼子里了，笼子外面，除了看他小说的孩子，还有牌子，牌子上说：炎凉兽。喜洁。性慵懒。手生六指。

他对大家讲这个故事，孩子们都哭了起来，有一个孩子问他：“你为什么愿意被关进来？”

兽答非所问，他回忆了那个他跟随姑娘返回动物园的下午，后者有些忐忑不安，坐在自行车的后座上，轻轻握着他的衣角，就像他少年时候喜爱过的那个女孩。他们经过了二环路口，等了三个红绿灯，终于上了三环路，姑娘突然说：“原来这里有这么漂亮的花啊。”

春天已经过去了。

兽说到这里，就停止了。

但他不是故事本身，故事本身比他更诚实，当天下午，园长见到了他们，终于在没有找到任何一头兽的沮丧中重新振作起来，把动物园的每一个员工都关进了笼子。他们或者有着六个手指，或者身上有蓝色的胎记，或者，留着到屁股的头发。关姑娘进去的时候，园长推着她走过一堆笼子，她转过头对园长说："把我和司机关在一起吧。"

她长得并不好看，可是笑起来，非常美丽，园长看着她，终于说："好。"

炎凉兽什么都不说，只是紧紧抓着笼子，让每个孩子都可以看见他的六个指头。

孩子们看着他的手，就没有人要听故事了。

五

那天晚上，玻璃匠做完了那个巨塔一样的柱子，在园长的带领下闹哄哄地预先参观了动物园，收工回家，在大街上又听见了孩子们的歌，到明天，大街上再也不会有这样的孩子了，他们都要去动物园，去看那些千奇百怪的兽们，和他们嬉戏玩耍了。

没有孩子了，也就没有孩子会唱小牧人的歌了，也就再也没有坏掉的玻璃了，玻璃匠想到这里，头晕目眩，终于蹲在街边，剧烈地呕吐起来。他一边吐一边哭，但孩子们不管他，他们接着唱：

"小牧人离开家乡，小牧人回头张望，小牧人不会变老，他将带回成群牛羊。

小牧人漂洋过海，小牧人翻山越岭，小牧人不会变老，他带回了牛羊，丢失了家乡。”

他就这样站起来，嘴角还有呕吐后的痕迹，他直挺挺转过身，走过十字路口，上了三环——他站在三环路上，和路边一个卖烟的老头打听：“这里哪有什么猫啊牛啊的动物啊？”

老头硬卖给他一盒天下秀，然后指了指北方，他就头也不回地走了。

夜深的时候，孩子们聚集在钟楼顶上，等待小牧人归来，那条路上依然空空荡荡，孩子们等不来小牧人，就不再等待了，就算是最死心塌地的那个，也不过是等来了一个爱着他的姑娘。

其实，可能再过一百年，两百年，玻璃匠就带着牛羊们回来了，但是有什么用呢，孩子们已经有了自己的动物园。

这或许是整个故事的开头部分。

图书在版编目（CIP）数据

异兽志 / 颜歌著 . -- 长沙 : 湖南文艺出版社 ,2018.1
ISBN 978-7-5404-6400-4

Ⅰ . ①异　Ⅱ . ①颜　Ⅲ . ①长篇小说－中国－当代Ⅳ . ① I247.5

中国版本图书馆 CIP 数据核字 (2017) 第 316602 号

异兽志

YISHOU ZHI

颜歌　著

出 版 人　曾赛丰
出 品 人　陈垦
出 品 方　中南出版传媒集团股份有限公司
上海浦睿文化传播有限公司
上海市巨鹿路 417 号 705 室 (200020)
责任编辑　耿会芬
装帧设计　王媚
责任印制　王磊
出版发行　湖南文艺出版社
长沙市雨花区东二环一段 622 号 (410016)
网　　址　www.hnwy.net
经　　销　湖南省新华书店
印　　刷　北京鹏润伟业印刷有限公司

开本：787mm × 1092mm 1/32　印张：8.75　字数：170 千字
版次：2018 年 1 月第 1 版　印次：2018 年 1 月第 1 版第 1 次印刷
书号：ISBN 978-7-5404-6400-4　定价：45.00 元

出品人：陈　垦
监　　制：余　西　蔡　蕾
出版统筹：戴　涛
责任编辑：刘　佳
装帧设计：王　媚
内文插图：郭　颜

投稿邮箱：insightbook@126.com
新浪微博：@ 浦睿文化